薩　芙　著
劉彤渲　圖

名家推薦

凌性傑（作家）：

成長小說的敘述模式中，往往會出現挫折、痛苦與死亡，主人翁必須通過這些試煉才能長大。而所謂長大，正是一場「通過」的儀式。作者刻意設計的關鍵道具——魔術方塊，以此象徵愛的變化與轉動，相當準確而鮮明。小說主角章子其從校長那兒學習魔術，以及魔術以外的事。校長對子其說：「你必須克服心中的恐懼。」每個人心中的恐懼各有不同，而本質卻似乎都是一樣的。如何勇敢地涉入未知，或許才是成長的最大難題。讓未知成為已知，便是成長的厚禮。一切成長的美好都是因為已經懂得了。《心靈魔方》彷彿要告訴讀者，愛就是一種最神奇的魔術。

張桂娥（東吳大學日文系專任副教授）：

生老病死，離合悲苦，愛憎貪嗔……佛經常說：凡人皆有一百零八個煩惱。若是將所有煩惱印成小貼紙貼在魔術方塊的每一顆小方格上，剛好可以貼滿兩顆（單純以每面九個方格×六個顏色等於五十四個色塊來計算）象徵人生的彩色方塊。若將人生錯綜複雜的多元樣貌比喻為魔術方塊，冥冥之中的宿命安排與不可預期外在因素的操弄擺佈，將無時無刻永無止盡地翻轉我們心靈深處的各種煩惱，讓人生每一個階段呈現出各種奇妙的排列組合，而且其中多半是脫序失控的混亂場面。本作品主角的少年，在現實生活中也積累了五顏六色的煩惱。為了讓家庭與校園生活秩序回復單純的初始狀態，他絞盡腦汁，費盡心思，苦思破解之道。跌跌撞撞的摸索過程中，幸運的少年巧遇貴人高手，也獲得同儕精神支援，最後集結眾人意念，翻轉出理想人生的新境界。高潮迭起的場景變化，節奏快如魔術方塊的賽事模樣，在屏息凝神之間，故事收尾落幕，讀來真是暢快啊！

黃翠華（九歌兒童劇團團長／藝術暨教育活動總監）：

五顏六色的魔術方塊，藉由人的手翻轉變化成完美的色彩排序，那人生呢？如何從A點到B點？如果你想成為某領域的專家，你必須反反覆覆的練習，學習翻轉之道，劇中主角透過倒敘，回憶童年，故事中事件堆疊，讓故事彷彿像急駛的雲霄飛車，快速推進且節奏鮮明，牽引著讀者的每一寸神經，一路直奔最後的魔方大賽，更是爬升到全文的至高點，急轉直下的劇情。最後漂亮且溫馨的結局，少年用雙手翻轉出美妙的人生。人生就像魔術方塊，在怎麼錯綜複雜的組合到最後將會回到原點。

讓我們隨著文中的主角一起經歷、一起學習、一起成長吧～

目錄

1

我想從
現實世界逃跑

章子其瞇著右眼，透過兩手食指與拇指搭起的取景框，把遠端的白色建築物，咔嚓，咔嚓，一幕幕收進他的腦海裡。

「子其，我還是弄不懂這個怎麼轉。」娜娜發出蚊蚋般的輕嗓音，沒能把專注的子其喚回神來，直到她把魔術方塊不小心摔在地上。

魔術方塊像夏日盛開的洋繡球，四散各地，紅、橙、黃、藍、白、綠，一顆顆小立方露出黑色的底。

「嘿，都跟妳說，我只剩這個東西了。」子其趕緊把所有四分五裂的零件朝自己懷裡掃。他抬頭看到娜娜斗大的淚珠一串串滴在乾燥的水泥地，才又張開嘴巴說：「妳這招，我早用過了，轉不了同一面，就把它砸了，再想辦法拼回去。」

「不，不是，不管我怎麼轉，邊角有一顆白色的就是動不了，卡在那裡。」娜娜被這五顏六色的小東西弄得聲淚俱下。

他心裡頭有種扳回一口氣的小得意，「要回復原狀也不是不可能，爸爸會教我怎麼拼回去。」

娜娜按下輪椅上的啟動按鈕，輪子摩擦水泥地發出沙沙的聲音，好像爸爸下班回家倒車時輪胎磨地的聲音。

「你爸不是要住進那裡了嗎？」她指著遠方白色建築的頂樓，沒有人比她更瞭解那裡。

「我媽說他漸漸恢復了，反正，我知道怎麼拼回去，難不倒我的。」

「你還會教我怎麼轉魔術方塊嗎？」

「不行啦。我還得照顧我爸爸，」子其把東西放進口袋裡，想了想，然後說：「我還得練習轉得更快一點。」

娜娜眨了眨古靈精怪的眼睛，出了一個主意，「來比賽看誰先到路口。輸的人當小弟，要聽老大的命令。」

「好哇，準備聽我的命令吧。」章子其抿抿嘴唇，跑步可是他的強項，這可是穩贏的約定。

趁子其不備，娜娜逕自喊了開始，就先偷跑，她讓輪椅全速前進，像歡快奔馳的小駿馬。

章子其還來不及做起跑預備，先輸了一大段，「喂，妳作弊。」

輪椅超越了人行道上行進中的腳踏車，車上的騎士看了她一眼，她回過頭看一眼章子其，得意的喊：「小烏龜。小烏龜。」

眼睛直瞪著前方的章子其，張大了嘴巴，來不及警告眼前得意忘形的娜娜，只見她的輪胎卡進人行道上的瓷磚縫，掛在輪椅上的水壺、拐杖、毛巾以及娜娜小小的身軀，全都七零八落躺在地面上。

血紅色的傷口遍布娜娜的手肘跟膝蓋，有些好心的路人過來幫忙扶起，撿掉落的物品。倒是眼角掛著淚痕的娜娜不吭一聲，明明傷口隱隱作痛，還嘴硬說不要緊的，沒關係的。

「章子其，我從不離身的東西壞掉了，我們扯平。」娜娜說。

「那怎麼行，魔術方塊我會修，可是，這玩意兒我沒修過。」章子其仔細查看歪斜的輪胎，扭曲的鋼輪、凹陷的開關，他敲敲軸心，「手推還是可以動的。」

他抱起娜娜，輕得像枕頭似的娜娜，羽量級的跆拳少女，聽說一雙腿在意外中受傷，她再也不能行動。子其把她放進輪椅裡，輪子發出古怪的聲音，像是卡了塑膠袋，那聲音好像低頻的聲納，在耳朵嗡嗡作響。

「有沒有嚇到？」

「才沒有咧。」娜娜說：「要是你真的感到抱歉的話，教我魔術方塊吧。」

娜娜的雙手握成一顆方塊的形狀，朝他伸了過來。

他來不及把方塊放到她的手中。

娜娜就消失不見了。

原來是夢。

他總是穿梭在想像與現實的世界，只不過在時間上分配不均。這個想像的魔術，替章子其的現實製造一處溫暖的角落，一段暫時忘記煩憂的片刻。子其瞇著右眼，透過兩手食指與拇指搭起的取景框，他眨著眼睫毛的瞬間就像按下相機快門，把每一刻珍惜的光影，咔嚓，咔嚓，一幕幕存入他的腦海。

章子其左右搖晃腦袋，覺得頸子特別疼，大概是睡在醫院太久的緣故，夢也做得特別多，產生幻覺的頻率逐漸增加，經常性陷入發呆、夢遊，尤其老是以為自己看到娜娜。

他揉揉模模糊糊的眼睛，想弄清楚現在是幻想還是現實。

就在剛剛，他才發現自己正快速推著爸爸的輪椅，輪胎卡在醫院外頭綠色草皮的土坑裡，這片草地有酢漿草，他曾經為娜娜尋找四片葉，卻遍尋不著。

即便輪椅震盪一下，爸爸什麼話也沒有回答，頭顱側一旁，眼神空洞，靜靜發愣，嘴巴微張，爸爸的雙手握成一顆方塊的形狀。

他從口袋拿出手帕，幫爸爸擦掉嘴角的唾沫，撿起掉落的毯子，替爸爸蓋好。媽媽時常提起，當他還是小 BABY 的時候，爸爸也常常替嬰兒車裡的子其蓋毯子。

草地上的鴿子，咕咕，咕咕，從這一端低飛至另一端。

可是，娜娜……

章子其從口袋掏出散掉的魔術方塊，他還沒來得及把這些零件重組回去，娜娜已經從這棟白色建築物裡消失了。

永遠消失。

就像一場神奇的魔術，把一位青春活潑的少女，咻—咻—從人世間蒸發掉。

他沒忘記娜娜說的話，沒放棄答應娜娜的事，如果他忘記的話，她時常會從意想不到的地方冒出來。

他心中的擂鼓聲，咚咚，咚咚，從未停歇。

他一直不斷想起今天早上主治陳醫生在巡房的時候告訴媽媽跟子其：如果爸爸的情況沒有改善，就得讓他住進頂樓的安寧病房。那也是讓娜娜消失的病房。

雖然在那裡可以看見天空跟雲朵，可以瞭望遠方久久未回的公寓，可以抬頭跟偶爾飛過的波音客機相遇。

即便如此，子其仍不想把爸爸推到頂樓去，腳步不由得從電梯門打開的一剎那改變方向，陽光從側面的落地窗映在爸爸的臉上，暖和的色澤換掉蒼白的臉龐。從那一刻起，他邁開了步伐，不知不覺跟著一位少女的背影走出院外。等他回神的時候，四周刺眼的白光，把整個世界變得不一樣了。他跟爸爸兩個人正朝著家的方向。

向他們走來的是面容憔悴的媽媽，她腋窩夾著一份牛皮紙袋，穿著黑白相間套裝的媽媽就像一隻丹頂鶴，沉重優雅地一步一步走來。

媽媽絲毫沒有意外的神情，只用溫暖的掌心摸摸子其微翹的頭髮，低聲說他真是一個好孩子，她得讓爸爸知道子其的乖。她蹲下身子，貼著爸爸冰涼的耳朵說話，那些話，他早就聽了不下一百次；那些話，就像他每天對上帝的禱詞。只不過，媽媽的最後一句話，像一根凸出的釘書針，不經意倒插子其的掌心肉裡。

「孩子的爸，快醒來吧。」媽媽的右手拭去了眼淚，「子其得了第一名。你早就想看到這份好成績的不是嗎？」

子其的手伸進口袋裡，緊緊握住爸爸送給他的魔術方塊，方塊的尖角刮著掌心肉，刺痛的感覺讓他暫時忽略手心冒出的汗。他感受到心臟噗通噗通的聲音被放得好大、好大；心跳加速、口乾舌燥，害怕得把卡在喉頭的語句，像吞服感冒藥那樣，硬是吞下。

娜娜會理解我的吧。

爸爸會理解我的吧。

子其最擔憂的是，老師跟媽媽會理解我的吧。

2

讓時間與煩惱消失的魔術

「章子其，到我辦公室來。」

從發下成績單開始，章子其跟班導師之間的關係變得越來越密切了。他的作業沒寫，考試成績一落千丈，上課經常打瞌睡，升旗的時候也沒穿制服，害得全班被訓導主任留下來，這星期的整潔秩序比賽，全都被章子其害慘了啦，班長謝之旋氣得直跺腳，就連個性溫柔的班導師也忍不住訓斥，把他叫來辦公室罰站。

「為什麼你的成績單沒有簽名？」老師停下批改作業的動作，指著成績單上的家長簽名欄。

「因為我爸媽沒空。」子其老老實實招認。

「老師當然知道現代的父母都很忙，但是，你的成績退步太多，很多科任老師都說你上課越來越不專心。」

章子其滿腦子想的都是貼近真實的那一幕。他的手抖得特別厲害，站在便利商店的影印機旁，拿出修正帶，把一格一格不及格的數字，改成接近一百的分數。他拿起一份原始成績單，跟另一份偽造成績單，張並張，拿在眼前比較。他心裡想，只要讓爸爸看到這一張完美的成績單，只要先讓爸爸開心欣慰，身體就會慢慢好起來，不管要他做什麼，他都願意。

關於修改成績單，他真的不覺得這件事有多嚴重。就像偷天換日的魔術一樣，手掌滑過的地方，就能把殘缺與不美好一併帶走。有許多好用的小工具，能幫他做到這一點，比如：套在他左手腕上的橡皮筋，可以趁人不注意時，射下鎖定的目標。他早看不慣教室前後都要掛上時鐘，最不合理的是，兩個鐘都不準時。教室前面的時鐘比較快，教室後面的時鐘又太慢，他只好在窗戶的邊框，設下命運的選擇，正確的時間一到，該被淘汰的就會被淘汰。他以為自己是個時間的魔術師。

但是，班導師可不這麼想。

「章子其，要是你再不好好利用時間在學業上，就請你每節下課過來，有沒有問題？」

「沒問題。」

那才是真正的問題。章子其遵照吩咐，退到辦公室角落。牆上的時鐘已經過了三分鐘，只要再熬過七分鐘就要上課了。

他早就知道跟時間賽跑，是一種專注力的比賽。只要盯著天花板瞧，想著柱子可以架設的機關，若是垂吊一條隱形的工業用透明鋼線，他就可以趁老師不注意的時候升上去，來個憑空消失的魔術。光是假想這條線要多長？恐怕要三倍於他的身高，那樣長吧。這會是一場絢麗的逃脫魔術秀。

爸爸在舞台布置的時候，經常利用目視測量，爸爸還語重心長對他說：時間從來都不等人的。即使你多麼想要保留，也做不到。

也因此，當他做喜歡的事情時，時間一下子就超出規定；做不喜歡的事情時，時間就像老太婆的裹腳布，又臭又長。他從來都沒浪費過一分一秒在不喜歡的事情上，難道這樣不行嗎？

當章子其的想像力空間正在飄浮移動時，天花板開始搖晃，電風扇跟日光燈抖落了不少灰塵，灰塵吸進他的肺裡，胸腔一陣緊縮，使他咳個不停。

堆得跟他一般高的國文作業本，像土石流一樣沖刷下來，嘩——

他根本沒留意到被他碰撞的櫃子上的班級獎盃，正往他的頭上倒。一雙強而有力的大手把獎盃擋了下來。穿著墨魚色的西服，臉上戴著挖空的黑色眼罩，身上有一股刺鼻的燃燒味道，眼前的男子就像是從電視裡走出來的魔術師。

他聽到魔術師喊：「你是子其吧。」

章子其點點頭，「你怎麼知道我的名字。」

「學校裡，有誰不知道你的名字嗎？」魔術師問。

「這，我就不確定了。」

魔術師口袋裡拉出的手帕變成一根拐杖，拐杖又變成一束鮮花，鮮花放進他的禮帽裡，並且示意子其把手放進去。子其東摸摸，西摸摸，手裡漸漸有一種毛茸茸，軟呼呼的觸感，魔術師要他掏出來，映入眼簾的是一隻活跳跳的小兔子。

班導師見狀，想過來幫忙，魔術師制止老師靠近，請她繼續旁觀。

他拿出一枚硬幣，從左手翻到右手，請子其猜猜看硬幣現在正確的位置。

「右手。」

聽到答案的魔術師把右掌心緩緩打開。空空如也。再把左掌心張開，是一枚閃亮的拾圓硬幣。

「再一次。」子其超不甘心，摩拳擦掌，準備再戰。

魔術師兩手交叉放到背後，亮出一枚拾圓硬幣，從右手翻到左手，往上丟，雙手一拍，趁硬幣落下的瞬間，落入兩手握拳的其中一隻。他問子其，「在哪一手？」

「左手！」

魔術師乾脆把兩手一攤，兩隻手都沒有硬幣。

「怎麼可能！」

換上一抹神祕微笑的魔術師說：「世界上沒有不可能，只有猜不中。」他用拳頭捶一捶自己心窩兩下，「在你說出答案之前，你早就認定自己不對了。」

章子其吹口氣，把遮住眼睛的劉海吹開，「我只要再看幾次，一定能猜對的。」他繼續瞪著那雙狡猾的靈巧雙手，想也想不透，到底是什麼時候掉包的。

「正確的判斷來自於經驗，而經驗則來自於錯誤的判斷。」魔術師說。

「你耍詐。」

接著，魔術師的右手輕輕在子其的肩膀拍了兩下，一枚閃亮的硬幣，忽然出現了。

「子其，你只是看不見我的錯誤而已。」

戴上禮帽的魔術師，向所有老師鞠躬，老師們向魔術師回禮後，邁步走出辦公室，所經之處，引起不小的騷動，直到消失在走廊的盡頭。

上課鐘聲，噹噹響起。

剛剛是怎麼一回事？章子其摸著腦袋想，魔術師一定是把硬幣藏進袖子裡。一定。就在他瞄了一眼面罩後的那兩顆眼珠子時，轉移了他的注意力。

那雙細細的丹鳳眼可奇怪了。他總覺得好像在哪裡看過，卻一時之間回想不起來。

「章子其，」班導師拿起她的教具，「跟我一起進教室。」

就在鐘聲叮噹響至最後的尾音，在班導師與章子其快要踏進教室的那一刻，一陣一陣的驚叫聲波，從教室裡傳出。

班長謝之旋的眼睛被奇怪的東西彈到，她一直哭，哭個不停，女同學湊到班導師身邊，把事情發生的經過，一五一十報告。

章子其把手縮進袖子裡，偷偷把左手上的橡皮筋給悄悄脫掉。橡皮筋一條又一條，在腳邊跳了幾下，被站在一旁的王小胖看到了。

「老師！謝之旋就是被橡皮筋射中的。」王小胖蹲下來，把一圈又一圈的彩色橡皮筋，撿起來，拿給老師看，「章子其最多這種東西了。」

班導師生氣極了，要章子其向謝之旋道歉，告誡他整節課都得站在教室後面反省，回家還得寫五百字的反省文。

章子其很懊惱、後悔，讓他傷透腦筋的不是整節課怎麼過，或五百字的反省文怎麼寫，而是班導師表情嚴肅交代，她晚上會打電話給媽媽，並且把他近期在校的所有表現都告訴家長。

這下可好了。原本想讓父母親都放心才改成績單的，這下子，不都被揭穿了嗎？那怎麼行。章子其心急如焚，有沒有什麼魔術，可以暫時把媽媽變不見。他想，如果我能瞬間移動物體的話，那該多好。咦，瞬間移動，章子其聯想到一個好辦法，得意自己真是個天才，這個計畫的靈感，其實來自於那個神祕的魔術師，要不是他的出現，接下來的日子可就糟糕透了。

3

瓜田李下的危機與轉機

媽媽正在醫院裡陪著爸爸。

章子其背著書包來到醫院，她正在餵食爸爸喝下營養乳。

子其對媽媽說自己肚子餓了，想到外面吃點東西，「媽，我的手機剛好沒電量，妳的借我用。」

子其的媽媽沒多想就答應了。畢竟，全家都生活在醫院裡好一陣子，就算她有心思多關心丈夫孩子，也沒體力多想想細節，只是叮囑，「別亂吃東西。」她從桌上拿起一副環保餐具遞給子其，「別太晚回來。」

子其拿著媽媽的手機，一人搭電梯到地下室，噹，電梯門打開，長長的走廊混雜著消毒水跟食物的味道，有時候他往右邊走，有時候往左邊走，不管怎麼走，都得穿過迷宮似的曲折長廊，才能到醫院地下室的便利商店，店裡現在沒什麼人，貨架上的麵包才剛剛補滿，收銀台前的蒸籠箱飄散著熱氣，電鍋裡的茶葉蛋掛著預備中的牌子，熟食區層層疊疊的義大利肉醬麵，他昨天才吃，搭配一瓶微波過的熱牛奶。他看了一眼龍蝦沙拉御飯團，打了一個冷顫，又放了回去，這種東西吃不得，吃了有他好受的。經過一番掃視挑選後，他決定用熱水沖泡肉燥乾麵，既快速又簡單。

上次幫他影印的店員姊姊正把一包包的切片水果上架。子其蹲下身子跟她說：「姊姊，我想拜託妳一件事，」他掏出口袋裡的手機，「要是手機響了，請幫我接聽，說幾句話就好。」

「那我要說什麼啊？」店員姊姊狐疑看著子其。

「妳只要說對不起，對不起，那小子回來，我一定會好好教訓他。」

「喔，我知道了，是不是改成績單被逮了吧？」店員姊姊站起身，把章子其鞠躬哈腰，比手劃腳的樣子，逗得店員姊姊挺開心的。

空的塑膠籃子放到收銀台旁。

「妳也知道我爸爸病成那樣，我只是不想讓家裡的人擔心而已。」

「要人不擔心，好好念書不就得了。」

「讀書哪有那麼簡單。」子其拿了一碗肉燥乾麵結帳，店員姊姊拿起掃瞄器，列印發票後，找了零，接著說：「我還得到後面倉庫備貨，沒空等電話響。」

「那這樣好了，」子其撕開調理包，捧著碗，沖熱水，把筷子壓在盒蓋上，「電話響的時候，我再叫妳。」

店員姊姊點點頭，纖瘦的背影遁入狹小擁擠的貨倉，搬箱子的聲音不時從門後傳來。

子其坐在玻璃牆面的休憩區，一邊等著麵熟，一邊望著手機，想著今天魔術師所變的戲法。收銀台邊的時鐘是準確的，倒數三二一，就可以吃麵了。

這時候，店裡來了一個駝著背的中年男子，他拿起最後一份報紙，看店裡沒人，丟了一枚銅板，就走出去了。接著，又來了一名中年婦人，她打開飲料櫃拿了一罐牛奶，走到櫃枱等著結帳。店員姊姊沒有出來。子其乾脆跑到櫃枱內，說：「我幫妳結帳。」

他拿起掃描器，嗶，按了面板上的確認鍵，裝滿錢的抽屜突然彈出朝他的肚子重重推了一把。

子其把錢丟進一格又一格的抽屜裡，關上。再把發票遞給婦人，還有模有樣說：「謝謝光臨。」

他沒想到，自己是個做生意的料，才看過一遍，就知道怎麼做了。等一下，他一定要跟店員姊姊邀功，說他還能幫她顧店。得意的微笑才到嘴邊，他發現櫃枱面上一條又一條的口香糖間，夾著一枚拾圓。啊，忘了把買報紙先生的錢，放進收銀機裡。可是，沒有商品可掃描的狀況下，要怎麼再打開呢？子其拿不定主意，只好等店員姊姊出來解決了。

他看著這一枚拾圓，想起魔術師那雙無與倫比的手。硬幣，手，硬幣，手。彷彿腦袋瓜子敲進一道靈光，他突然明白魔術師是怎麼做到的了。子其把硬幣夾在食指與中指的背面，翻過來，轉過去。原來，這就是硬幣消失的原因——硬幣一直都沒有離開過魔術師的手掌。

子其手足舞蹈地練習翻轉硬幣，專心一致，連東西都忘記吃了，耳朵也聽不見其他聲音，還有什麼事情能比解開魔術師的祕密，更令人雀躍的呢。

背後的時鐘來到五點整，自動玻璃門發出一聲叮咚。

震耳欲聾的一句咆哮，「你是誰？」穿進章子其的耳膜裡，把他嚇了一大跳。

當老店長氣急敗壞責問時，店員姊姊才從倉庫慌忙走出來，看見兩人發生爭執，知道大事不好了。

「說，你怎麼擅自闖進收銀台，還拿裡頭的錢。」老店長立刻走進收銀台確認。

「我沒有拿裡頭的錢，錢是自己卡在那邊的。」子其指著口香糖的位置，「不然你調監視錄影帶啊。」

老店長沒把子其的話當一回事，他認為責任是失職的店員姊姊造成的。子其認為自己沒做錯任何事，他只是熱心回報幫他忙的店員姊姊。

這時候，手機終於響了。

子其立刻把手機遞到店員姊姊面前，可是，她老是搖頭，眼斜嘴歪，暗示他快點離開。可來不及了，老店長伸長手，要子其把手機交出來，「是你這小子的家人打來的吧。」

這下子，輪到章子其拚命搖頭，「不，不，不是。」

就算他努力解釋，老店長仍強硬搶過手機，表明自己的身分，「我是便利商店的店長，啊，妳是老師啊……」老店長瞪著子其手足無措的樣子說：「這孩子在這裡惹了點麻煩……」

章子其拍一拍額頭，事情怎麼會變成這個樣子，跟他原先設想的計畫，全走調了，到底是哪裡出了問題。

講得口沫橫飛的老店長掛了電話之後，把手機還給子其，「要不是你們老師，我打算把你交給警察處理。」

店員姊姊拚命道歉，「對不起，對不起，我一定會好好教訓這小子。」背後的手指著大門的方向，要他快走。

他嘟著嘴，垂下肩膀，拿起吃到一半的麵，「我真的沒做錯什麼啊。」

章子其垂頭喪氣走出去，撞上了陳醫師，打翻了麵，湯汁飛濺，把他的醫師袍弄髒了。

「對不起，我今天真的很倒楣。」

陳醫師接受子其的道歉，問他發生了什麼事，仔細聽他說明之後，陳醫師才呵呵笑著說：「你這就叫做瓜田李下。意思就是，在瓜田裡，不要蹲下來穿鞋子，在李樹下最好不要整理帽子。因為當你在低頭穿鞋時，很容易被人誤會你正偷採瓜，當你在舉手整理帽子時，很容易被人懷疑你在摘李子。所以，你跑去收銀台內，最好不要拿著錢嘍。」

陳醫師摸摸子其的頭說：「快回去媽媽那裡吧。」

「那陳醫師，你會相信我嗎？」子其問。

「相信啊。」陳醫師拍拍子其的肩膀說：「就像你相信我一樣啊。」

子其露出一抹微笑，他真正想問的是，「那我爸爸可以不要住進頂樓嗎？」

陳醫師沒有馬上回答這個問題。

就算不行，他也無法眼睜睜看著爸爸跟娜娜一樣，像一場魔術消失在世界上。

「娜娜，就是從那個房間消失的。」

陳醫師的眼神透出一絲猶豫，「娜娜啊。她是個勇敢的天使。她的房裡掛著好多跆拳道金牌喔。」陳醫師停頓一下，接著說：「她告訴過我，她最喜歡看的是魔術。」

「魔術？」

「嗯，魔術總是能讓她好過一點。」

陳醫師的話就像一道強心劑。他早就知道魔術能帶給人力量，每次盯著魔術看的時候，害怕的事情就會忘得一乾二淨。因此，他更加篤定魔術可以驅趕爸爸的病痛，如果他能表演出神入化的魔術，就能減輕爸爸的病情。

子其的眼裡劃過一道光芒。比起要怎麼把書念好，變魔術他可喜歡多了。但問題來了，他要練什麼魔術呢。可不能是三腳貓的功夫，那種簡簡單單的戲法，三兩下就結束了。再來，他該向誰學藝呢？誰可以教他多種戲法？那天，在學校遇見的魔術師到底是誰？如果拜他為師的話，子其揣想，那事情就好辦多了。

他腦子裡轉啊轉的，只有班導師最有可能知道魔術師的身分。只不過，剛剛才闖了大禍，明天鐵定沒好日子過。想要班導開心，總得想個辦法將功贖罪。

子其從便利商店往餐廳走，經過麵包店、醫療用品店，走廊上掛著一幅幅兒童畫展，是住在醫院裡的病童創作的作品。他停下腳步，眼光停留在一幅色彩繽紛的蠟筆畫，畫的右下角簽寫兩個小小的字：娜娜。

娜娜的畫五彩繽紛，場景是森林公園舉辦的夏日園遊會，白紅相間的帳篷搭成整排的攤位，有射氣球跟炸熱狗的小販，小朋友們聚攏在小丑叔

娜娜

叔身邊，紅色的鼻子、白色的臉、像星星一樣的眼眶，那張永遠微笑的臉龐似乎在告訴他——瞧瞧我，開心不就好了嗎？

啊哈。校慶園遊會。

子其緊握的右拳擊向左掌，啪一聲，「對，就是這個。」帶給別人歡笑，就能忘記憂傷。一年一度的校慶園遊會，再也沒有更好的機會能讓他好好替全班贏得喝采。他得為自己贏得這個機會。

可是，在沒人教他的情況下，他該表演什麼魔術呢？

正當章子其煩惱的當兒。剛剛買報紙的先生，從用餐區走向垃圾分類區，把看完的報紙丟進紙類回收箱。要不是那位不知名先生的拾圓硬幣，我也不會被老店長誤會，章子其心裡頭嘀嘀咕咕在抱怨，抱怨使得他的眉頭深鎖，心中自覺委屈，他看著玻璃窗上的苦瓜臉，像極一隻獅子狗，他用力拉開自己的嘴巴。笑吧。笑吧。沒有什麼是過不去的。轉個彎後，一個有趣的小把戲緩緩出現在章子其的腦袋裡。

有了。一聲響指。章子其喜出望外地跑到紙類回收區，把不要的報紙撿起來，帶點得意地說：「撿你不要的，總不叫瓜田李下了吧，而且我還要跟陳醫師與導師報告，我還是個環保小尖兵呢。」

地下室的省電照明，因章子其的手足舞蹈，忽明忽亮，就像他心中的小小希望。

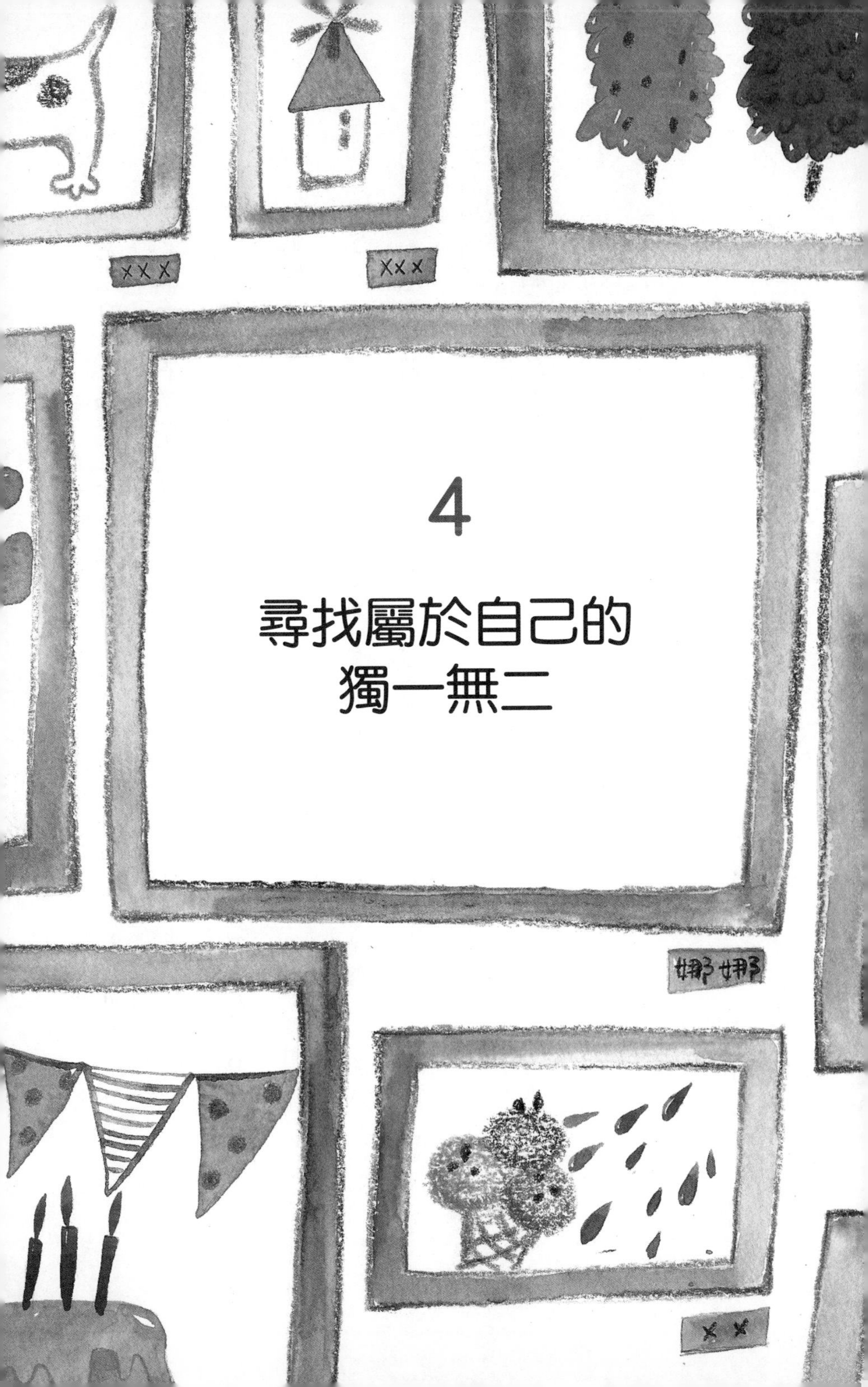

4

尋找屬於自己的
獨一無二

亮晃晃的日光燈打在章子其的頭上，從早自修開始就被導師叫到辦公室罰站。章子其早就有心理準備，今天絕對是難過的一天。

「你這個傢伙，連去便利商店都能惹麻煩。」老師足足罵了他一整節課，這些話不斷重複。

老師的苦口婆心，左耳進，右耳出，什麼話也留不住在他腦袋。腳底的酸麻一陣一陣朝他後背積攢上來。他搓揉小腿肚，忍不住唉一聲，老師又開始訓話。

「你腦子到底都想些什麼？」

「魔術。」

「魔術？」

「我只想學魔術。」

奇怪的是，原本扳著臉孔的老師反而不再罵他了，並且拿起桌子上的電話，準備打給媽媽。章子其拜託老師千萬不要跟媽媽講他要學魔術的事。

「為什麼呢？」老師問。

「我爸爸就是在搭建魔術舞台的時候受傷的，」當時子其站在舞台下方眼睜睜看著爸爸被升降機壓住身子，卻無能為力。

「媽媽覺得魔術太危險了。最主要的原因是，我爸爸他可能永遠好不了。」

「原來是這樣啊。」老師放下電話，接著說：「雖然你不想讓媽媽擔心，但是，為人子女不論做任何事，都應該要得到家人的認同與支持。」

「我知道。」子其想，要是爸爸清醒過來，絕對百分百支持他學魔術的。

「想要全心全意學一樣事物，是很難能可貴的。老師認為，能找到自己想要學的東西比什麼都還重要。」

老師嚴肅地把作業欠繳名單拿給他看。各科作業未補繳的清單裡全都有章子其的名字在上頭。

「如果你能做到今日事，今日畢。老師才能相信你學東西的決心。」老師微微一笑，「而且，我今天就要看到你的決心。」

看到堆積如山的作業簿，章子其決定利用下課在午休結束前完成。王小胖看了有點緊張，如果沒有章子其吊車尾，那導師就會緊盯他了。其他欠繳作業的同學也都默默跟著拚完，誰也不想吊在章子其後面。

午休過後，章子其抱著所有的作業簿，找導師報到。

「沒想到，你一個午休就趕完了。」老師打了個哈欠，伸伸懶腰。

老師拿起一張紙，畫了一張地圖，「還記得那位魔術師嗎？照著地圖走，你就能找到。至於，他願不願意教你，就得靠你去說服他了。」

章子其滿心歡喜接過那張紙條。「謝謝老師。」

「子其，不要放棄夢想。要找藉口放棄一件事物非常容易，但要堅持一份夢想卻不簡單。」班導師說：「老師期待你能學成魔術。但記得，學業也要跟上大家。」

「那我可以在校慶園遊會上表演嗎？」

「喔。原來你是這樣想的啊，時間不多了喔。」老師說。

「我會加緊努力的。」

章子其興奮打開那張手繪地圖，地圖彎彎繞繞，覺得好眼熟。「這不是我們學校的平面圖嗎？」他摸摸腦袋，實在弄不清楚，地圖上到底是哪一間教室？

他沿著導師辦公室，朝上次魔術師消失的地方走去，音樂教室嗎？也不是。童軍教室嗎？也不像。難道是福利社？他狐疑沿著樓梯走到一樓，樓梯下有一間小小的房間，上了一道鎖。這是保管外掃工具的儲藏室吧。

不對，不對。他仔細核對地圖，把左右邊看反了，應該要顛倒看。他彎著頭，仔細尋找自己現在的正確位置應該是地圖中的哪裡。果然，有了起始點後，一切就清楚明白。啊——是另一邊的樓梯。他小跑步過去，拐了個彎。校長室。三個字映入眼簾。

不會吧。原來那一雙丹鳳眼曾經出現在校刊上，這下他總算想起來了。

他輕輕敲了敲門。聽到門後傳來一聲，「請進！」

偌大的校長室裡，窗明几淨，辦公桌有一股檀木的香味撲鼻，右側的櫥櫃裡擺滿許多戰利品，亮得令人睜不開眼睛的獎牌，大部分都是表揚校長在教育上的貢獻，只有一面閃亮的金牌跟其他不太一樣，因為是撲克牌的形狀，所以特別顯眼。上面刻著：世界魔術大賽冠軍。

坐在黑椅子上的校長轉過身來，卸下魔術裝扮的校長，看起來令人肅然起敬。弄得子其有點兒緊張，不停拉扯衣襬，帶點惶恐。

「有什麼事嗎？」校長問。

「我想跟您學魔術。」

「哦，為什麼非要學魔術不可呢？」

「我沒辦法好好對您說，但是，我可以一邊說一邊表演給您看。」

校長雙手交握，靜待他的答案。

章子其專心把口袋裡事先準備好的拾圓硬幣掏出來，「魔術在我十三歲的生命中，就像一名意外的訪客，是魔術來找我，安慰我。首先是一枚淘氣的硬幣，它在我最難堪的時候，從我眼前出現，給我無限的幻想，到底它是怎麼從A點到B點，再回到我的眼前。」

章子其對它吹了一口氣，「當然，我口袋裡也不是每天都有一枚硬幣。」

校長笑了一下。

「拾圓，對大多數像您這樣的大人來說，變不出什麼花樣，它只是一枚貨幣；可對我來說，它可以變出一顆蛋或肉鬆麵包，只要用對地方，它可以滿足我。」章子其說：「那種時候，我真希望口袋裡能多一點這些傢伙。」

校長又笑了一下。

「沒想到，有一天，這一枚硬幣跟我玩捉迷藏，它躲在夾縫中，沒有人發現。」章子其把右手裡的拾圓緊握成拳頭狀，經過校長桌上的公文夾，啪，開張手掌的子其手中，拾圓不見了。

「可惜，它逃不過我的雙眼。」子其指了指自己空空的手掌。

校長點點頭。

「我想永遠握住這枚拾圓，能在我手中來去自如，即使它消失了，又能從另一個地方再出現。」話才剛說，子其從另一隻手中，再現那一枚拾圓。

「可是，十塊錢還是帶給我一些麻煩。有人告訴我：『那是他的拾圓，不是我的。』」子其聳聳肩，嘆了一口氣。「我能想到的原因只有身分。我還是個小屁孩，又不是魔術師。沒有人尊重我。」

就在說話的同時，章子其的右手跟左手，各出現一枚拾圓。

他接著說：「我必須要有兩種身分，兩個拾圓。一種去買東西吃，另一種是為了讓與我相遇的人笑得開心。」

他把手裡的十塊錢遞給校長，然後說：「這是我的學費。如果不夠的話，我會慢慢再變出來，只不過今天的時間不多，這些是我的極限。」

「呵呵。我果然沒看錯你。」校長站起身，把拾圓握在手中，走到他身旁，「有些時候，這東西明明硬梆梆，沒什麼溫度。」他摩拳擦掌了一下，「但小小的希望，也可以變成大大的夢想。」校長把手打開時，往空中一拋，「而有夢想的人，就能獲得一份尊重。」五彩繽紛的彩色紙片，從空中飄了下來。「你的眼神裡充滿著懷疑與渴望。」校長握住他的手，「我也有兩種身分，兩種都給你希望。」

厚實的掌中傳來溫熱的觸感，就像爸爸的手一樣，感覺好有力量。子其問：「那你願意教我變魔術？」

「可以是可以，你也得教我一樣東西，做為交換。」校長說。

章子其想了想，他掏出口袋裡的魔術方塊，「你想學這個嗎？」

「成交。」

章子其開心走出校長室，他聽到口袋裡拾圓硬幣碰撞的聲音。他口袋掏出來的不只是一枚拾圓，而是好幾個拾圓。子其又驚又喜——校長到底

是什麼時候放進來的？

自從校長答應收他為徒的那一天起，章子其每天放學準時至校長室報到。他有一雙專注的眼睛、靈巧的雙手，學得很快，也很用心。為了校際園遊會，他可是賭上了名譽。校長也毫無保留悉心教導，他從這孩子身上看到一種青春的執拗，一種熱血的美好，這也是他扮演魔術師的目的。

校長教子其硬幣的魔術後，就沒有新鮮的東西。雖然，子其把硬幣練得滾瓜爛熟，但他很希望再學點別的。

「校長，我可以學撲克牌嗎？」

「可以是可以，但是有附加條件。」

「什麼條件？」

「你必須克服心中的恐懼。」

「什麼樣的恐懼？」

「得靠你自己找出來。因為每一個人的恐懼都不一樣。」校長摸摸自己的八字鬍，呵呵笑起來，「如果你能找到的話，將會是個令人刮目相看的魔術師。」

日也練，夜也練。章子其連夢境都是變魔術的場景，他隨時隨地都想著同樣一件事情。手的技法，連走路都在練習。他有一天也要給人充滿希望的感覺。

才短短一個月，章子其從校長那兒學到硬幣與撲克牌的戲法，幾乎捉不到他的把柄。校長對於這個小徒弟除了滿意也有擔憂，他不能永遠把章子其拴在身邊。月底的最後一個星期五，校長準備給章子其另一門功課，關於魔術以外的事情。

子其並不知道今天是最後一天，他還喜滋滋跑進校長室，劈頭就問：「校長，我已經學會了撲克牌，還能教我別的嗎？」

校長會心地笑了一下，告訴他：「子其，你已經可以開始想一套自己的表演了。」

「自己的？」子其問：「我把你教我的魔術練得很熟了，為什麼不能表演那些呢？」

「師父領進門，修行在個人。」校長嚴肅地說：「這是魔術的祕密，你必須要找出只有你才能做到的表演。」

「可是，消失的硬幣，很多魔術師都有表演啊。」

「那你倒是說看看，他們表演的方式都一樣嗎？」

子其搖搖頭表示，「好像不太一樣。」

「如果你喜歡的魔術師一直表演同樣的東西？你會不會失望啊。」

章子其點點頭，他繞到校長背後，再繞回他的跟前。「我明白了。」

「那就對了。」校長拍拍他的頭說：「一模一樣的表演能滿足人們多久呢？每一次的表演，其實都有不一樣的地方。尋找獨一無二，屬於你的魔術，只要做到這一點，你才會擁有不只一種魔術。」

話雖如此，但屬於自己的魔術到底該怎麼做呢？章子其不是個偷懶的人，他弄不懂這句話的意思。難道他還沒學到真正的精髓？或者，他忽略了什麼細節？那些很厲害的魔術師明明都表演同一套道具，同樣的撲克牌，同樣的硬幣，為什麼卻給人不一樣的感覺呢？

離開校長室，出了校門，章子其一個人走在熱鬧的街區，燈紅酒綠的街道上，熙來攘往，匆匆忙忙，時間並沒有為任何人停下腳步。這個世界隨時隨地都在變化，沒有什麼是永不改變的。校長沒有說錯，就算他練得再熟，再厲害，看過他表演的人，如果一次又一次看同樣的魔術，總會有失去興趣的一天。

沒有人會想一直看同樣的表演。

當他停下腳步，看著街道上的理髮廳，裡頭有一個老婦人頭上罩著一個大大的圓蓋子，穿著時髦且染金髮的髮型師走到婦人身子後面，把她頭上的蓋子往上舉，一卷又一卷的髮捲露了出來，拆掉髮捲的短髮彎彎曲曲，好像撒在頭上的台式泡麵。另一個座位的中年女子，明明是捲捲的頭髮，怎麼梳子一拉，吹風機一吹，慢慢地變成滑順的直髮，清湯掛麵的學生模樣；另一個明明是短髮的女孩子，戴上假髮後，又是另一種造型，她好像是待嫁的新娘，她穿白禮服的丈夫正在外頭等她。

章子其認真地想，每一種行業裡都有他看不懂的戲法，魔術原來是生活裡的一部分，每個動作裡都有不為人知的訣竅。如果他只是照本宣科的把學到的東西再呈現一遍到觀眾眼前，那他所贏得的掌聲，並不全是為他擊掌。這就是爸爸對他耳提面命的生存之道吧。每個人都有他生活的方式。

他拉拉自己的頭髮，想到一個好主意。有了方案之後，微微一笑，但他會心一笑的並不只是解決這個惱人的問題，而是校長應該還沒發現，章子其悄悄在他西裝口袋所留下的「金玉良言」。

5

恐懼是個舉棋不定的敵人

一根根豎立的頭髮，就像怒髮衝冠的小公雞，這個髮型，章子其可是用光媽媽一整瓶髮膠才搞定的，好處是可以拉長身高，加上他腳下穿的直排輪鞋，行動快速也很酷炫，看上去很拉風。

唯一不從人願的是，風真的好大。

他硬挺的頭髮就像鐵扇公主的芭蕉扇，搧得他一肚子火，重心不穩。

班導師關切地問：「你沒問題吧。」

沒問題。章子其整整服裝和道具，他當然要拍胸脯保證。

班導師批准章子其的魔術秀申請，有另一層考量，章子其不知道的是班導師偷偷鬆一口氣，攤位前，另闢一處魔術秀，正好可以妥善看管章子其跟王小胖兩個搗蛋鬼，免得把班上賣水果的攤子搞得烏煙瘴氣，把大夥兒氣得七孔冒煙。

章子其滑著直排輪，拿著大聲公，從第一攤一路喊到底，「快來看神奇的消失魔術秀，不可思議的魔術秀。」

宣傳效果開始發揮作用，章子其班上的攤子前，聚集滿滿一堆人。王小胖兩手捧著一個小紙盒，上面寫著「小費箱」，並且持續鼓吹，「來喔。來喔。本校最厲害的魔術師小子，即將開始在八二一攤位表演。」

章子其原本準備一段動感的直排輪入場舞。可惜音樂才開始播，一陣風沙吹起，把套在他脖子上的披風，長長的紅色披風，捲進輪子底下，才起步，就滑得他四腳朝天。圍觀的人笑得肚子疼，有的人嘲笑他摔得狗吃屎，有的同學指控，根本是搞笑不是魔術表演，指著他鼻子嗆聲，「這算哪門子魔術。」

眾目睽睽之下，章子其用他的腰力重新站起來，柔軟度令大家吃驚。他大聲告訴站著看好戲的所有人，「你們笑什麼，精采的還在後頭。」

哇噢。大部分抱著看好戲心態留下來的人發出鼓噪聲。

謝之旋踩著神氣的腳步，走到章子其身旁，她說：「你可別丟我們班的臉。」

臉上露出笑容，拍胸脯保證的章子其說：「這可是賭上我的個人名譽。」話是這麼說沒錯，但是，章子其不緊張，謝之旋可緊張得兩腿發抖，除了風真的太大的原因之外。當班上同學討論要不要表演盲眼射飛鏢時，全部的人都贊成；當推舉誰去做箭靶子時，沒有人敢發聲，更沒人要當章子其的魔術助理。就算缺人手，他依然沒打退堂鼓，竟然厚臉皮指定謝之旋當他美麗的魔術助理，雖然其他人不敢反駁這句話，只有王小胖跳出來抗議，「為什麼我不可以？」

「只有謝之旋穿裙子才好看啊。」他兩手一攤，老實話這時候說出來，特別能引起大家的共鳴。

事到如今，王小胖也打從心底覺得章子其的選擇非常正確。今天的風特別大，呼呼呼，把攤位的帳篷吹得搖晃，也把謝之旋的奶油白篷篷裙，時而吹起，時而落下，像一朵搖曳在風中的盛開小百合，真是迷人又賞心悅目，肯定吸睛。

章子其的魔術秀即將開始。

「Ladies and gentlemen, welcome to my magic show.」

他拍了拍掌，原地旋轉兩圈半，雙手張開，歡迎他的美麗助理。

謝之旋帶著甜甜的笑容從右側入場，她手裡拿著一張全開的報紙，繞場一周，交到章子其手裡。

隨著音樂再次響起，章子其左手跟右手，分別掐住報紙上緣的兩側，再把右側的報紙疊在左側的報紙上緣，形成一個漏斗狀。

他問現場：「有沒有人願意提供飲料瓶，什麼都可以喔。」

站在一旁的班導師把礦泉水捐出來。謝之旋拿著寶特瓶，再繞場一圈，觀眾要求檢查瓶子有沒有問題，確認是普通的礦泉水沒有錯。
接著，章子其示意王小胖到他跟前坐下。他沒料到自己還真的能當助理，喜孜孜坐在地上。章子其左手拿著報紙折的漏斗，右手拿現場提供的礦泉水，慢慢把整瓶礦泉水倒進紙漏斗裡。原本閉上眼睛等著頭頂一陣涼的王小胖，竟然一滴水也沒有沾到。
「那水到哪裡去了？」這是現場觀眾共同的疑問。
章子其比了右手食指，要大家別急，別急。他當著大家的面慢慢把報紙漏斗打開。
咦，真的沒有水！大家議論紛紛，到底水去哪裡了？
只見他彎下腰，從王小胖的身上摸過來，滑過去。右手敲了一聲響指，現場每個人順著他手指的方向，盯著那一瓶礦泉水瞧。剛剛空空的寶特瓶又出現了滿滿的水。

現場掌聲如雷。歡呼鼓動。

章子其搖一搖寶特瓶，示意美麗的魔術助理拿了一根小小的空心圓框過來。今天強勁的風剛好是最佳的助力，圓框輕輕沾滿寶特瓶裡的水，風一吹，泡泡一圈又一圈往上飄呀飄呀飄。陽光的照射下，有夢幻色彩。

哇啊。好好玩喔。好多人伸手去拍破泡泡，或者朝著泡泡吹氣，漫天飛舞。

王小胖懷抱著小費箱來來回回跑了好幾圈，箱子進帳不少錢，沉甸甸的。章子其牽起謝之旋的小手，兩個人並列彎腰謝幕。

安可！安可！

觀眾沒人肯離去，沒想到所有的人都靠攏過來，擠得水洩不通，比剛剛的觀眾還多上好幾倍。這下子，他很確定，全校沒有人不知道他章子其的名字了。這一幕他預想不下一百次，這一幕比他想像中的樣子還要真實，如雷貫耳的掌聲簡直像是氧氣一樣，從五官竄入大腦，他好興奮，好快樂。他章子其可不是省油的燈，為了滿足觀眾要求，他毫無意外（簡直在預料之中）準備表演第二場魔術。

歡樂又輕快的魔幻音樂再度響起。章子其瞇起被光線照得睜不開的眼睛，把額頭上黏黏的汗水拭去。

只見美麗的助理謝之旋推出一張人形紙版，颳起的陣風數度把紙版吹彎腰，得要用桌子把底部壓住，當成背板。

大家開始竊竊私語，這人形紙版挖空的身形怎麼頭小身體圓，好像迪士尼動畫電影《大英雄天團》裡的杯麵(Baymax)，那個治癒人心的機器人護士。

是杯麵！有人這麼喊。可見杯麵棉花糖的外表與守護健康的使命，深受大家喜愛。

謝之旋繞了三圈，在拖時間，班上其他同學都在緊張，沒想到貪吃的王小胖竟然把蘋果咬了一口，趁亂開溜，捲款逃走，他不要當人肉鏢靶，誰來當人肉鏢靶？虧他當初還自告奮勇爭取魔術助理，章子其還慎重考慮拿他當壓軸，這下可好，開天窗了。

前排的觀眾開始不耐煩，「到底要開始了沒？」抗議聲此起彼落。

班導師往前想清理這一團亂，卻不知該先找王小胖還是叫章子其別表演了。說時遲，那時快，大家萬萬沒有想到，謝之旋從班級攤位拿起一顆未削的富士蘋果，信步走到了人形紙版前，把蘋果穩穩地頂在頭上。她對章子其示意，來吧，放馬過來吧。

他不能這麼做，不能。這跟原本套好的招數不太一樣。章子其開始有些慌張，因為謝之旋頭頂上的那一顆蘋果有點營養不良，原本準備的安全蘋果比較碩大，挖空了果肉，裡頭有一塊超大強力磁鐵，而他磨平的飛鏢

YES

可以準確無誤的到達定點。謝之旋並不知道這些，她跟白雪公主犯下同樣的錯誤，以為那只是一顆蘋果而已。

這就是魔術師的祕密。章子其心驚膽跳地想，我不會告訴任何人，這就是我不想讓大家看見的恐懼。魔術就是這麼美麗又殘酷，誕生於大家的歡樂，我的懼怕。

可對觀眾來說，美麗的謝之旋牛奶糖般的笑容，使他們覺得很有看頭。圍觀的群眾越來越多，擠得連場地也越來越小。章子其好想對著大家喊：到此為止。

他該不該朝謝之旋的頭上射飛鏢，他做不做得到？他前前後後打量著射程，如果不要矇住眼睛，依他熟練的準確度，安全過關的機率高達九成。當他決定把眼罩去除掉時，背後又有人開始說閒話。

「嘿，瞧，那傢伙沒膽子矇住眼睛的」、「準是在拖時間」、「他要是再不表演，我們就走吧。」、「根本就是來騙錢的嘛。」

耳語一波接一波襲來。現場所有的動作都暫停在章子其的腦海裡，他把表演的各個環節快速想一遍，冷靜動一下腦，把產生問題的步驟挑出來：蘋果、眼罩。眼罩、蘋果。他重新站穩腳步，懷疑自己快要休克了。

現在能做的只有改變表演的方式。他拿起眼罩繞場一圈後，滑到謝之旋的側邊，努力擠出充滿自信的笑容。他對謝之旋說：「我幫妳把眼罩戴上，妳只要保持微笑就好。」其實，章子其好想問謝之旋，妳害怕嗎？如果害怕就跟王小胖一樣逃走吧，為什麼要留下來面對呢？

那一聲又一聲的哀號是從他自己身體發出的。拜託了，就靠妳了。章子其在心中祈禱，矇上眼睛的謝之旋將不再看見四周的變化，不再感覺到害怕。子其的爸爸常對他說：害怕的話，就閉上眼睛。他喃喃低語，沒發覺自己黑得發紫的雙脣脫口而出，「別擔心，相信我吧。」

他看著她還未矇上眼罩時驚懼的目光，那一刻強烈地短，也短得強烈。他知道她其實很害怕，害怕章子其失敗。失敗本身並不可怕，可怕的是這份過失會影響到別人，而且產生的問題往往比我們以為的還要嚴重。

章子其的身子像是觸電一樣。所謂的百分之百，原來是這種恐懼的感覺，沒有一分意外可以竄改。除了他自己相信自己做得到之外，沒有人能告訴他——你做得到。

站在謝之旋後面的人全都退到側邊，紅白的帳篷搖晃得厲害，連二樓的班旗在疾風中都顯得不穩。一聲巨響劃破吵雜的現場，聲源來自二樓倒塌的看板，朝一整排帳篷壓了過來，帳篷應聲倒塌。

圍觀的群眾四面八方抱頭鼠竄。章子其一個箭步飛撲向前，他兩隻手臂就像張開的翅膀，保護住謝之旋的身子，衝擊過大，踉蹌倒地，鐵架正好壓在章子其的兩腿上，在痛到暈過去前，他聽到許多碎裂的聲音。

6

人生的簡單問題
困難答案

喀啦，喀啦，病房的門，咿呀，被推了開來。

娜娜坐著輪椅來看他了。

「子其，你怎麼跟我一樣啊？」娜娜帶著微笑要求，「子其，你好久沒教我魔術方塊了啊。」

章子其好想起身跟娜娜說話，但是，身子卻沉重得無法動彈，眼睛也張不開來，連嘴巴也無法說話。他好想告訴娜娜，他看到她的畫。

也許是因為他沒有回話。娜娜的聲音越來越小，她的身影也很快消失在一陣白茫茫的光線中。在白色光束全部濃縮成一條線的瞬間，章子其忽地張開眼睛。

是夢。

好幾個月，都沒夢見娜娜了。章子其清醒過來時，發現自己完全不能動彈。他的腳打上石膏，整個人被包得像木乃伊，他的腳就這樣嵌在腳架上。

班導師跟幾個熱心的同學放學後一起到醫院探望他。班導師拉著媽媽到外頭談話，留在病房內的同學，則是你一言，我一句，嘰嘰喳喳，有點吵鬧。

謝之旋帶來一盒甜甜軟軟的布丁，是她媽媽親手做的，她說要不是章子其挺身相救，現在躺在床上的就是她了。

「謝謝你救我。」謝之旋向章子其道謝的樣子，簡直美呆了，他全身動彈不得，但是心花怒放。

王小胖則是帶來一大箱的蘋果，「對不起啦。我不知道那顆蘋果對你那麼重要。我想反正那麼多蘋果，要挑就挑最大粒的來吃，反正攤位上還有那麼多顆蘋果。」他張大了嘴巴，給大家瞧，「我要澄清誤會，那一天，我不是有意要跑，而是我的門牙，因為咬到超硬的磁鐵，前排差一點碎掉了。」

章子其看著王小胖的門牙，想哈哈大笑，結果引來全身抽痛，「唉唷。」

至少，章子其知道自己絕對不會是班上最棘手的闖禍精，這份殊榮非王小胖莫屬。

同學們還鬧著他腿上的石膏問：「嘿，我們什麼時候可以在上面簽名？」

面對這群人心叵測的同學，他沒心思也沒力氣反抗，只好任由他們嘻笑。

稍後，老師跟媽媽走了進來。媽媽的表情不太對勁，而老師則是一副如釋重負的樣子。

「章子其，你的魔術獲得最佳表演喔。」老師把獎狀拿出來，「這是今天校長頒發的，等一會兒，你好好跟媽媽說實話喔。」

老師跟同學一離開病房，章子其開始害怕了。

最令他害怕的不是身上的傷，而是媽媽的表情。她看起來既傷心又生氣。見他好不容易醒來，眼中的淚水，開始像瀑布一樣流下。

「你要是有個三長兩短，要我怎麼跟你爸爸交代？」

「對不起。」他咕噥著說。

「你不是跟我保證過，不會跟魔術沾上邊嗎？」媽媽坐到他的床邊，「雖然老師說，那是風大造成的，但你要不是在那裡表演魔術，事情也不會發生。我不能原諒你這樣胡搞瞎搞。」

「媽，對不起。」

「除了表演魔術，你還有什麼事情瞞著我？」

「沒有了。」章子其充滿歉意說：「我絕對不會再瞞著妳做任何事了，媽媽。但是我是真心喜歡魔術的。」

「我不准你說那樣的話。」媽媽表情嚴肅，「你要知道，我不能一下子失去兩個最愛的人。」

「媽。妳這話是什麼意思？」

媽媽開始聲淚俱下，才如實吐訴爸爸已經住進了醫院的安寧病房。她最愛的丈夫在頂樓，最頭疼的孩子住二樓，樓上樓下使她心力交瘁，既疲累又哀傷，蠟燭兩頭燒，身上僅有的一丁點力氣，也被這件事給磨光了。

「媽媽沒辦法再承受任何的失去，你懂嗎？」媽媽趴在子其的胸前，「傻孩子，你就不能守本分，好好念書嗎？」

安、寧、病、房？子其最不願意

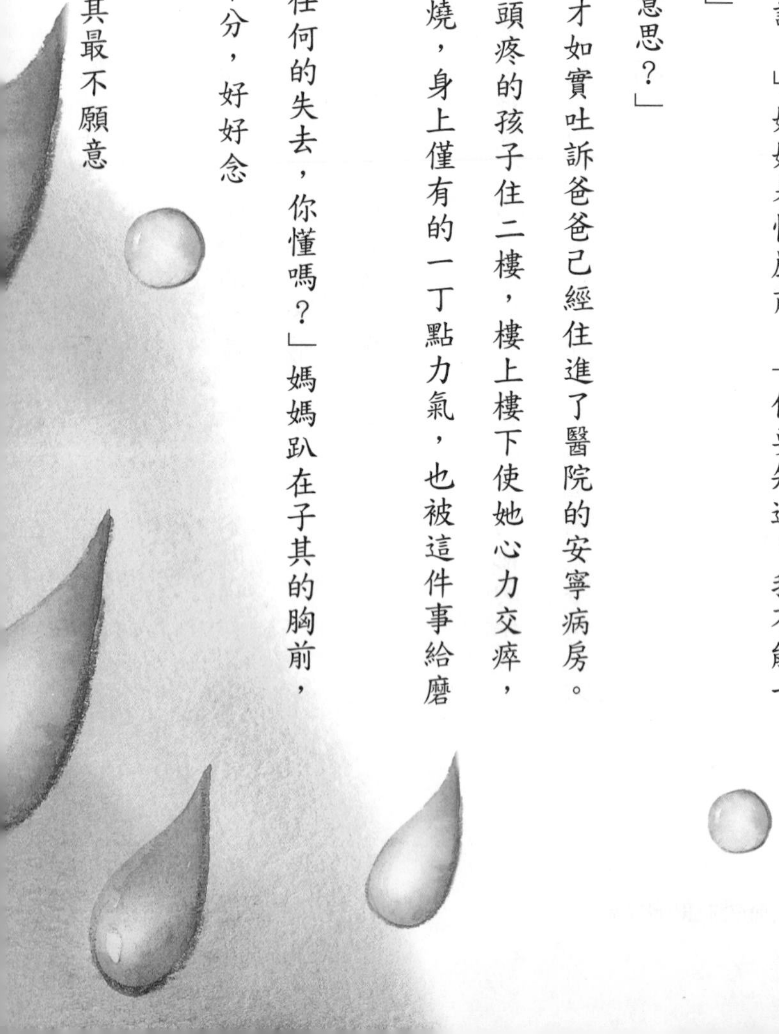

聽到的事發生了，他好想衝出去，把爸爸帶回家，一家人一起過得開心，但顯然祈禱是無效，是因為他不夠認真嗎？他沒辦法不這麼怪罪自己。

即使是痛苦且艱難的決定。他不能再繼續任性下去。有整整一個月的時間，他的腦海，他的世界是完整而統一的。他的想像與現實都是魔術，那段時間，他切切實實地活著，沒有一絲恐懼，即使有，他也能憑藉自己的意志去克服。但是，為什麼答應媽媽不再碰魔術，會讓他感到痛苦萬分呢？

擁有跟失去，親情與承諾，追尋與放手。全都是課本上不曾教過的選擇題，人生的答案好難回答。天人交戰的章子其好想問：有沒有兩全其美的辦法？

「子其，你是塊讀書的料，有優秀的成績，把魔術忘了吧。」媽媽柔性的喊話，把子其拉回了現實。

現實的臉孔既猙獰又恐怖。

「媽媽，那張成績單……」

媽媽打斷子其的話，從包包裡拿出一份申請單，「媽媽打算拿你的成績單去申請保險公司的獎學金，對於爸爸的醫藥費，多多少少可以幫助一點。」

章子其看著那張申請表，一句話也說不出口。

「為了照顧你爸爸，媽媽可能會失去工作，如果你能自立爭氣，媽就心滿意足了。」

萬分的懊悔與沮喪充塞在章子其的胸口，他多希望那張成績單是真實的，多希望靠魔術就能變成真。他被自己天真又自私的謊言給重重一擊，從來沒想過會被自己的謊言逼迫到無地自容。

「媽媽，這張成績單是申請不到任何獎金的。」章子其終於吐出這卡在喉頭的話。

「為什麼？」

「要學期總成績才行，那只是其中一次段考成績。」

「原來是這樣啊。」媽媽的臉明顯非常失望，那份失望的表情，錐刺著子其的心。

「妳放心，我會拿份好成績回來的。」子其保證，他知道反駁或抗辯只會讓她更加心傷。

媽媽點點頭，一臉疲憊的蒼老面容，吐出一縷徒勞無功的熱氣，她閉上了眼睛，靜靜休息。

章子其盯著醫院的天花板瞧，腦子裡可沒閒置。戲法人人會變，書可不是人人會讀，雖然口頭上答應媽媽會努力，但要達到能申請成績單的優異成績，可不是那麼簡單的事。這是他遇見最大的難關，在解決這個問題之前，他得趕快把身體養好，這個樣子，要怎麼上學。

陳醫師夜間巡房時，來看章子其。

子其焦急地問：「陳醫師，我這一身傷什麼時候會好。」

陳醫師雙手抱胸，半開玩笑，「我看沒一個月是很難完全康復的。」

「一個月？」

「就算你是鐵打的身子，一個月都算快了。」陳醫師調侃急著想下床走動的章子其問：「別亂動，你是不是不要命了。」

他想幫媽媽分憂解勞，卻不知該怎麼把她要求的事做好，力有未逮的無力感，讓他焦急。縱使無奈，也是他闖的禍，必要的話，他的確可以連命都不要。

別急！別急！章子其告訴自己，任何事情都是有訣竅的，任何事情都可以靠工具來幫忙。第二次段考必須是一場魔術表演，沒有缺失的魔術表演，也要能發揮他的應用能力，雖然，這不是一場能直播的魔術，但他要挑戰這不可能的任務。

他開始設想各種萬無一失的準備。這一次，他不能再有任何魔術助理。

護理師推著醫療車進來，把止痛藥放在桌上，拿起消毒後的夾子，對他說：「換藥的時間到了喲。」

緊緊纏繞的雙手只能交由護理師消毒、換藥，優碘的味道他很熟悉，娜娜身上也有這種味道。他就像一條躺在砧板上的魚，只能任由宰割，不能自由行動。他看著包裹雙手的繃帶一圈又一圈拆開，長長的白色紗布沾染一塊又一塊血漬或是碘酒，細瘦的手被包成兩倍大，目不轉睛的章子其覺得，紗布真是件神奇的東西啊。

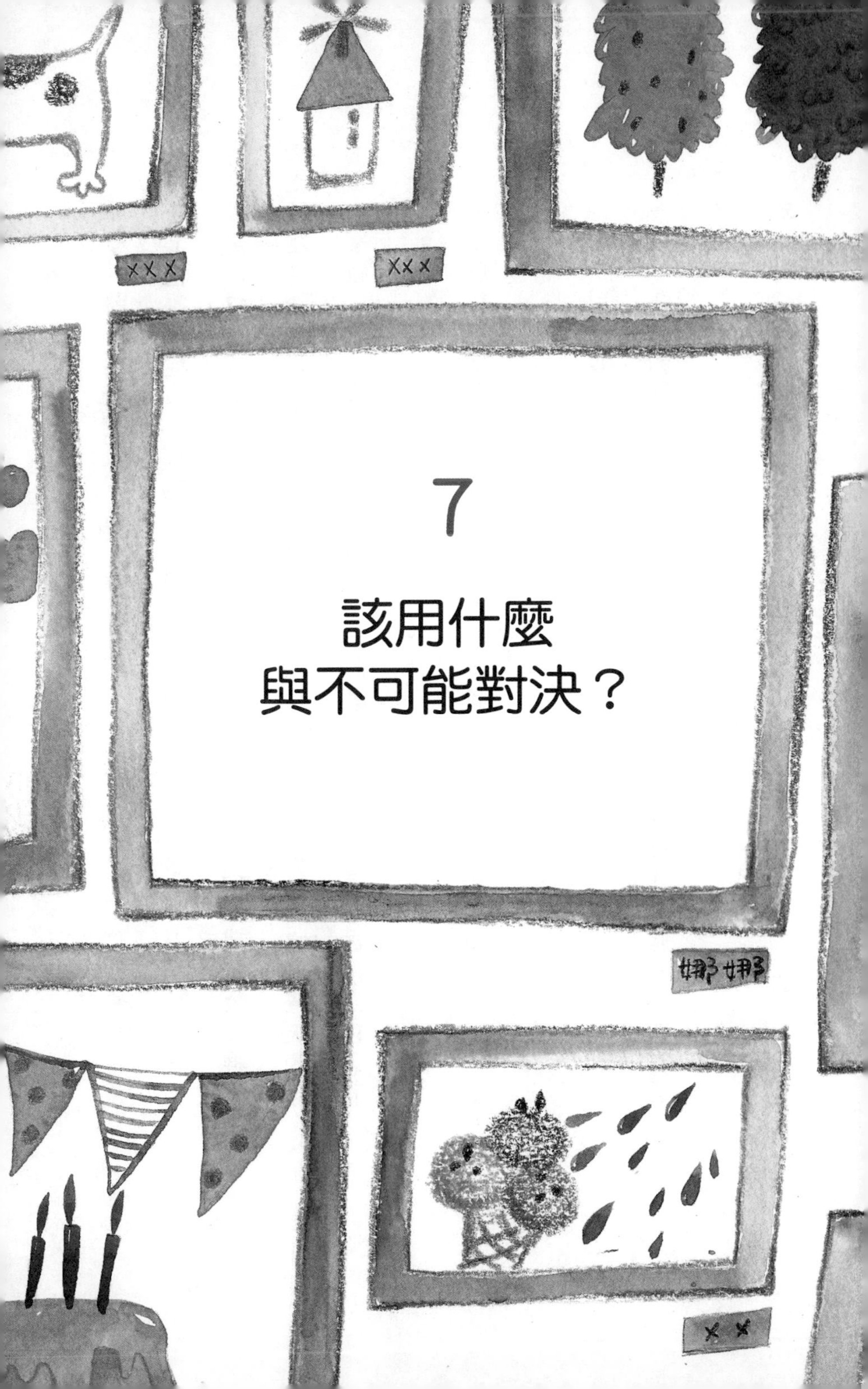

7

該用什麼
與不可能對決？

章子其推著輪椅進教室時，每一位同學都瞠目結舌，他們印象中瘦瘦的章子其怎麼會變成「杯麵」一樣，只有兩顆眼珠子露在外面。輪椅一度卡在教室門口，直的進不去，只能橫著進。他請王小胖揹他到座位，再請謝之旋把輪椅收攏，拿到第一排最後一個位置，那個對他而言是得天獨厚的風水寶位。第二次月考對他而言，再怎麼艱困，就算爬也要爬到教室來對決。

王小胖狐疑地問章子其，「你怎麼比我們去醫院探望你的時候還嚴重啊？」

「那是因為我想早點看到你們啊。」

「我要是你的話，鐵定就不來考了。」王小胖覺得章子其一定是腦袋撞壞了。

班導師拿著空白考卷，走進教室點名，見到那麼大個兒的章子其也吃了一驚，但她很快收起表情，對著全班同學訓示，「歡迎章子其回來班上參加考試，身體還沒康復，仍不放棄的精神，值得大家要好好向他看齊。」

第一堂是英文考試。老師在黑板上的缺考人數寫上零。

發下考卷後，教室立刻鴉雀無聲。每位同學都埋頭苦幹，沙沙作響的寫字聲在教室裡迴盪。

坐在章子其前面的謝之旋一副胸有成竹的樣子，如果事情進行得不順利，他的千里眼還能派上用場，保持視力二．〇的代價，這種時候最值得欣慰了。至於，斜對面那個早已放棄作答的王小胖，乖乖趴在桌子上，不敢發出一丁點聲響。

章子其一雙手開始動作了。

他準備把紗布裡的那一張小抄給慢慢抽出來，但事情進行得有點不太順利，他暗自揣想，該不會是包得太緊了吧，右手緊握的原子筆芯中的細小文字，像螻蟻一樣躺在透明的筆桿中。眼到、手到、心到，他現在忙得不可開交。

班導師一排又一排巡視，咔啦，咔啦的鞋跟踩在石子地板上，直到章子其身邊時，聲音消失了，一股體香停駐在他的鼻腔。

老師停下來特別久，看著章子其整張幾乎空白的考卷說：「記得寫名字。」

這句話，可把他嚇出一身冷汗來。「喔，謝謝老師。」

也不知道怎麼回事，親愛的班導師似乎特別關照他，她拿了一張椅子坐在教室後面，偏偏是章子其的後面，螳螂捕蟬、黃雀在後，這使得他接下來什麼也動不了。

再這樣下去，他就得跟王小胖一樣，好好養精蓄銳，打烊，睡覺了。

下課鈴聲一響，這場稻草人遊戲正式結束。殘敗的念頭使他垂頭喪氣。

王小胖走過來安慰章子其，「考得怎麼樣，練簽名也不錯吧。」

「別說風涼話了你。」

這個王小胖。他當然沒把這件事放在心上，他告訴自己只不過是浪費了一節，還有機會，總不可能每節課都站在他身後吧。

謝之旋轉過頭來，對章子其說：「下一節課，考國文，這是我的考前筆記，你多少讀一點。」

「這是真的嗎？」章子其喜出望外，能遇見人美心也美的謝之旋，他實在是太開心了。這份筆記讀起來真是既美妙又感人，娟秀的字體，整齊的行文，所有的溫柔體貼都化成一股力量，使他立刻進入備戰狀態。

每節下課，謝之旋都會拿她的筆記跟他一起集中複習，章子其到最後一節課時，他才想起自己的這身裝束可是花了他不少心思，今天卻完全沒用上。

放學的時候，模範生代表謝之旋真是好人做到底，推著他步出校門。再怎麼遲鈍，章子其發現大家都不太對勁。

「你們今天對我特別好，到底是為什麼啊？」

「那我們平常對你不好嘍？」

「不，不，我不是那種意思。其實，我……」話到嘴邊，章子其又不想把原本的意圖說出來，「我這次成績鐵定考不好。」

「我們都知道啊。」謝之旋理所當然表示，「考不好是正常的，你根本都沒來上課，怎麼有辦法考好。」

「謝之旋，有個問題我早就想問，園遊會那天，妳為什麼會自告奮勇頂蘋果呢？」

「那個啊。」謝之旋會心一笑，「因為就算你射歪，我也躲得掉啊。

可是，我沒想到你卻把眼罩矇在我臉上，那個時候，我才開始擔心小命不保。」

「原來是這樣啊。」章子其低下頭，「那妳為什麼要借我筆記呢？」

「我可不想再看到你犯錯。」

「妳早就知道了啊。」章子其難堪極了。

「誰叫你這招我也想過要用。只不過，光是抄寫紙條的時間，我就可以整理好筆記，也把內容都記住了，況且，我也沒機會可以包成像你這個樣子。」

「妳會討厭這樣的我嗎？」

「以前啦。老是惹人生氣。自從看了你的魔術，我覺得你人挺好的。」

「妳覺得我應該放棄魔術好好念書嗎？」

「放棄？我很意外你會這麼問。」謝之旋停下腳步，跑到他面前，「我以為你將來要當一位很厲害的魔術師呢。」

謝之旋的這句話，讓章子其想起校長曾經說這樣的話，他們都是相信他能做到的人，他也想要有一項獲得大家認同的能力。大部分時候，他認為自己做不到，需要藉由別人的讚賞來提升自信心，需要別人來告訴他，他其實是一個好棒的人。

以往，爸爸經常鼓勵，媽媽絕對支持，但他發現連一個信任的人都沒有，也不能訴說的時候，他有多真切希望身旁有一些正向的聲音，讓他知道自己的選擇沒有錯誤。

「謝之旋，幫我一個忙，妳現在能推我去校長室嗎？」

「校長室？」

「這件事請替我保密好嗎？」章子其雖然有點抱歉，仍是厚著臉皮拜託，「還有，能不能幫我解開其他部位的繃帶？」

謝之旋看著這一身束縛，真想一拳打在他身上。如果是拆禮物，那她會更樂意些。

8

金玉良言與祕密交換

謝之旋把子其帶到校長室，在門外等他。空檔時間，她打算研究他是怎麼在上面寫字的。

章子其已經一個多月沒來這裡了。校長見到子其非常關切，「聽說你受了傷。」

「校長請放心，我就快好了。」

他立刻發現校長室裡又多了一面獎狀，不是教育也不是魔術，而是魔術方塊公開賽 2X2X2 Third Prize，魔術方塊公開賽程共十五項，各項中的 Best Prize 是第一至第三名獲獎盃一枚，Second Prize 是四到五名獎牌一枚；校長榮獲的是第六到八名的獎狀，如果他沒記錯的話，最新的世界紀錄是〇．五八秒，美國的拉米，不過，這個記錄，隨時都可能更短。

「沒想到校長既是好老師，也是好學生。」

「這份殊榮是魔術方塊交流賽時得到的。」

子其想起他跟娜娜認識那一年，已經參加過 3X3X3 台灣交流賽，那時候的紀錄是二十七秒，爸爸鼓勵他繼續努力：只要多加練習，再過不久，爸爸就能帶子其參加 WCA 公開賽了。爸爸的盼望猶言在耳。

那句話的隔年，爸爸開始住院，沒有人能再鼓勵他了。

「如果是子其的話，也能做得到的。」校長笑得怡然自得。

這更加深他對校長的好奇心，為什麼他能玩魔術還能當校長，就連他苦學良久的魔術方塊都能玩得有聲有色。

「校長，你覺得我放棄魔術好好念書對嗎？」

「這就是你今天來找我的原因啊。」

子其點點頭，覺得自己的問題是不是太蠢。

校長呵呵大笑，「在我看來，魔術跟念書都是一種選項。你會在吃飯的時候，只夾肉配，就不吃蛋或青菜嗎？」

「當然不會。除了不能吃海鮮之外，我會夾得滿滿的，吃到撐為止。」

「所以啦。如果你比別人多些選項，你該感到高興才是。沒有因為做了這個就不能做那個這樣的規定啊。」

「我媽要我專心念書，不要練魔術。」章子其猶豫了一會兒，決定問：「為什麼你能當校長又會變魔術，還能把我教的魔術方塊玩得超好呢？」

「我一直以為自己只會念書啊。當時，我只有一種選擇，在只有一種選擇的情況下，就一直念到教育博士，才服務於學校的。」校長走到子其的前面坐下，「至於變魔術，則是因為我生命中一個重要的人喜歡看。」

「因為是重要的人，所以才去做的嗎？」

「是的。念書是為我自己，魔術是為了重要的人。」校長站起來走到桌上，拿起魔術方塊，「你也是為了重要的人才把這個握在手裡的不是嗎？」

子其的鼻子有一股酸酸的感覺朝腦門衝上來，他得拚命壓抑住兩眼之間逐漸溢滿的水位，必須抬頭看著天花板的一片白，才能把這潮水般的刺激退下去。

他的爸爸從三十歲開始玩，工作外的時間都獻給它，不管怎麼試都沒能把魔術方塊還原，即使弄傷了手腕，也克制不住這股魔力，直到子其十一歲那一年，他看兒子輕輕鬆鬆把這玩意兒的每一面還原，才大大鬆一口氣，開懷地笑了。然而，校長卻在這麼短的時間突破爸爸多年的困境，他不知道該怎麼接話。

「好險有你放在我口袋裡的口訣。」校長對他眨一眨眼，「不然，我在公開交流賽可就糗大了。」

「口訣只是幫助記憶，」章子其不好意思搔搔頭，「再來就是熟能生巧而已。」

「這麼說來，你算是一等一的專家了。」校長拍拍他的肩膀，「找到你的恐懼，克服你的恐懼。這是我們的約定，對不對？」

章子其終於綻放笑顏，校長的眼眉總是笑成一彎新月，給人溫暖安心的感覺，他向校長道謝並且道別，感覺得到靠山般的力量。

站在門外等他的謝之旋看到他紅紅的眼眶，嚇了一跳，「你沒事吧？」

「謝之旋，明天還有一天考試，我能到妳家複習嗎？」

「可以啊。」謝之旋趁機交換條件，「考完試後，你要教我變魔術喔。」

「那有什麼問題，一言為定。」

一路上，章子其靜得出奇，她從來沒見過安靜的章子其。他們轉進學校旁邊的小巷弄，拐了幾個彎，高樓林立的大廈旁，屋宇逐漸縮窄低矮，來往的路人也變得稀少，倒是松樹及茄苳或是家貓偶爾會從鄰人的前院探出頭來。

謝之旋的家在一條僻靜的巷子裡，熱騰騰的蒸氣不斷從門口冒出來。油蔥酥的味道、芹菜與蔥花，大骨湯麵的味道陣陣飄香。門口的麵攤看牌上寫著各種麵食口味，兩旁的小菜碟，有香噴噴的油豆腐跟海帶、豬耳朵。

章子其的肚子發出咕嚕聲。他好久沒有好好吃過一頓熱熱的、現煮的美味食物了。

謝之旋放下書包，「我煮一碗麵給你吃。」

她媽媽正在洗刷堆得像小山一樣的鐵製碗筷，那簡直像場惡夢一樣。空檔時間，她還對著坐在搖籃、嘴裡含著奶嘴的小嬰兒扮鬼臉。他彷彿看見十年後謝之旋為人妻母的樣子，看起來柔弱，其實堅強。

「那是我弟弟。」謝之旋笑著指掛在小桌邊的全家福照片，「我還有個哥哥還沒回來。」

三不五時，就有客人上門來吃麵，謝之旋就會轉身幫忙招呼，清理桌子、點餐。她的書包從進門到現在都沒打開過，倒是他很快就把眼前那一碗餛飩麵給吃光了。

章子其坐在牆角的位置，一邊讀筆記，一邊看著謝之旋忙裡忙外，環顧一圈，就是沒看見她爸爸。

牆上的時鐘差五分鐘就七點。一個喝得醉醺醺的糟老頭拿著酒瓶，搖搖晃晃走了進來。他一進來就拿著酒瓶要餵搖籃裡的小嬰兒喝，她媽媽馬上過來把孩子抱走。那老頭又晃著身子到他們面前，哈了好大一口酒氣，臭氣薰天。老頭子有一點鬥雞眼，指著臃腫的章子其，東瞧西望，然後咦一聲，食指來回比劃，「我的孩子怎麼一下子長那麼大個兒啊，」話一說完，整個人倒在椅子上呼呼大睡。

「別管他，三天沒回家，今天又突然跑回來了。」

「他常常這樣嗎？」

「喝醉還比較好對付，清醒的時候更麻煩。」謝之旋的肩膀垮下來，嘆了一口氣，「有時候，我真希望沒有爸爸。」

「妳沒辦法假裝不在乎吧。」章子其想找點兒能安慰她的話，「我就是因為在乎，才會跟我媽發生衝突。」

「對了，你爸爸身體有比較好嗎？」謝之旋小心探問。

「不太樂觀。我一直想替他做點什麼。」章子其笨拙地把腳盡量地伸直，「不管這次段考成績多糟糕，我得先把眼前的關卡過了。就像變魔術，每一個精采的表演都有特定的步驟，步驟亂了，表演也會走調，這是魔術教我的事。」

「章子其，關於我爸的事，幫我保密好嗎？」

兩個人不約而同地笑了。

只不過，章子其的笑聲停歇，謝之旋卻還是笑個不停，他問她怎麼回事？

「你的臉腫腫的一塊又一塊，好像麵包超人喔。」謝之旋遞了一面小圓鏡給他看。

「啊？」章子其驚叫一聲，「剛剛的餛飩裡有任何海鮮嗎？」

「是高麗菜豬肉啊。」謝之旋想了一下，「對了，油蔥酥裡有櫻花蝦。」

「那就是了。」章子其的蕁麻疹開始癢了起來，通透性的膨疹在關節附近，急速增加，他不該這麼大意的。

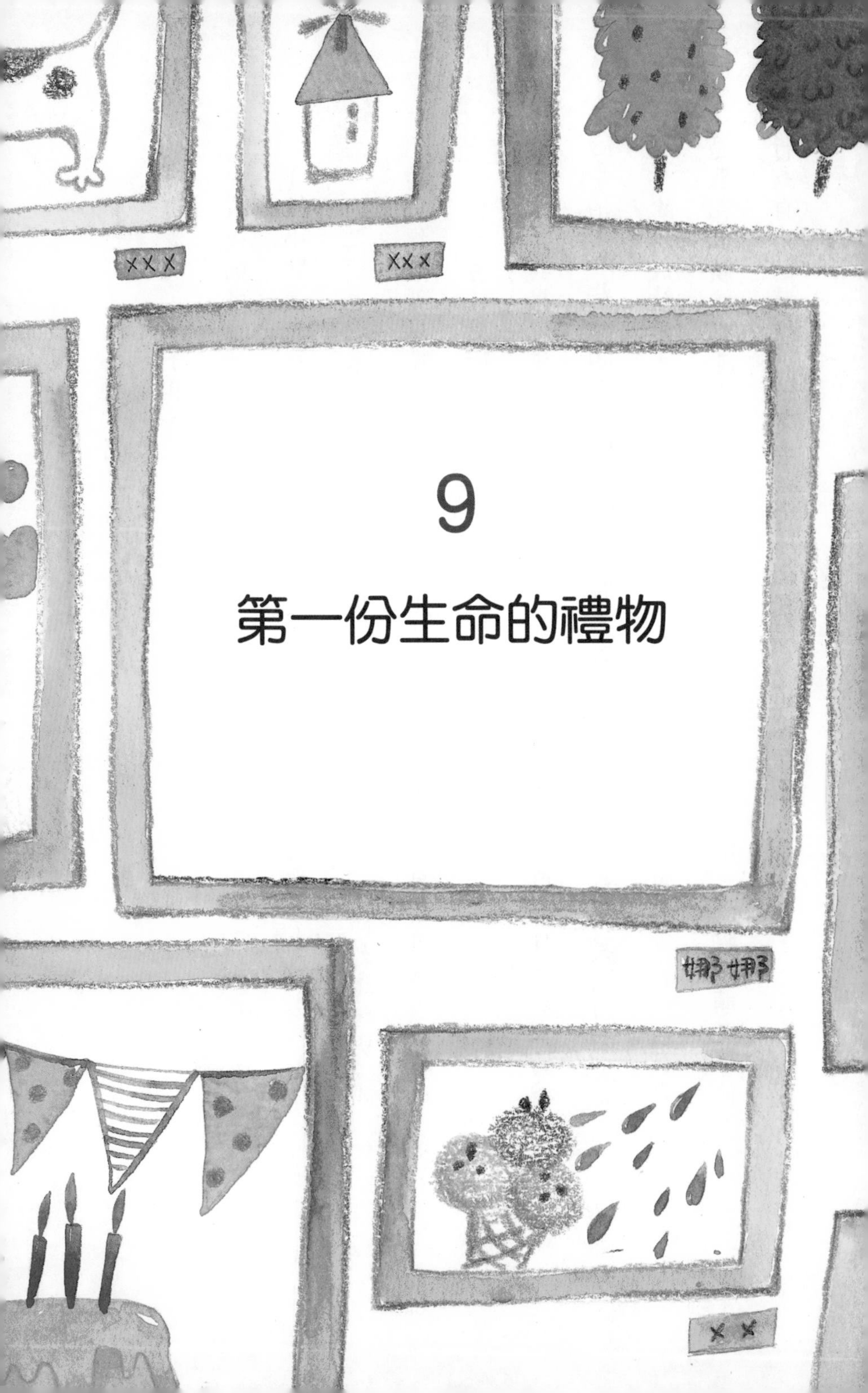

9

第一份生命的禮物

第一名，謝之旋。第二名，林曉玉……

進步獎，章子其。

最後的名字一公布，歡呼與掌聲超越以往。

王小胖最先站起來踢館，「我進步十分，你竟然進步五十分！」

謝之旋也過來恭喜，害他覺得很不好意思，「我都還沒跟妳道謝呢。」

「你還可以變更好。」班導師走了過來，鼓勵子其再接再厲，「這也是一種學習的魔術喔。」

章子其接過進步獎狀跟成績單，那種踏實感取代他前些日子以來的擔心受怕。那些充滿烏雲的日子，終將過去，他要每一天都要微笑迎向太陽。

除了成績單，他腳上的石膏，今天可以拆了。許多同學拿著彩色筆擠過來在上頭塗鴉亂抹，一陣搔癢難耐，王小胖簽到他滑軟的腳趾頭，等他行動自如的時候，一定要給他一個飛踢，還以顏色，這個剋星，欠他的可多了。總體來說，同學跟老師對他的表現都表示讚賞，但他心中仍有一份小小的擔憂一直掛在臉上，眉頭總有化不開的愁緒。

放學後，章子其來到醫院診間複診，他在這間醫院也待得夠久了。消毒水的味道已經深深進入他的記憶。他才一個月不能動彈就沮喪萬分，真不知道爸爸以及娜娜是怎麼熬過這種日子的。

陳醫師看著他石膏上的塗鴉，不禁噗哧一笑，「章魚該不會是你的外號吧？」

「唉呀，是王小胖那個傢伙畫的。」子其打量著同學們的傑作，也打算在上面簽上大名，「陳醫師也幫我簽名吧。」

「我上次簽名，是替娜娜。」陳醫師拿起簽字筆，「你是第二位幸運的傢伙。」

章子其擺擺手，「我才不要這種意外的幸運呢。」他好奇地問：「娜娜她到底發生了什麼意外啊？」

「聽說是發生意外時，弄傷了腳。」陳醫師把石膏模慢慢整個拆卸，「那不是她離開的主因，」他把模型遞還給子其，「這是病人隱私，我不能告訴你。」

「噢。」失望在所難免，子其能理解陳醫師的顧忌，也就不追問了。

「那我爸爸他會好嗎？我是病人的家屬，總有權利可以知道吧。」

子其的話，陳醫師毫無招架之力，他的話無可反駁，也必須回答。這殘酷的答案，對一個孩子來說，是過早的承擔，陳醫師表情凝重地說：「子其，你相信奇蹟嗎？」

「其實啊，子其，這世間的問題常常沒有百分之百的答案。但我們就因此而放棄嗎？我們可以拚命努力朝百分之百的方向前進。而奇蹟就發生在，當我們跨越看似不可能跨越的距離時。」

「我沒體會過，我不知道。」子其對這種人生經驗的感受，來自他生活中的每一刻。

「奇蹟很微小，但我們需要相信它是存在的，這點很重要。」陳醫師依舊拍拍子其的肩膀，只不過，這一次，他放在子其肩頭上的時間有點長。

診間步行到醫院頂樓的病房，是一百步的距離。可以看見就讀的學校跟他久久未回的家，家屋頂樓常有一群賽鴿飛過，每一趟飛行，都是為比賽而準備。小時候，爸爸帶著他看鴿子時，告訴他，把東西重組、還原，這是他最喜歡做的事，當時，他聽不懂那是什麼意思。

他拿著石膏模以及成績單，抱著複雜的心情回到爸爸的病房，媽媽坐在陪病床，清理著爸爸的尿盆，替換乾淨的衣裳。

媽媽對著子其說：「我今天推著爸爸到外頭晒太陽的時候，好像看見他的雙手動了一下。也許，是我一時的錯覺也不一定。」

他囁囁嚅嚅，找不到話題開口，放在桌上一堆散開的魔術方塊再次映入眼簾，他的胸口湧起了一波難以壓抑的激動，決定還原真相。

薄薄的成績單交給媽媽的時候，就像千斤重擔，他充滿好深好深的罪惡感，「對不起，我這次的成績跟上一次相差很多。」他想好好解釋，但沒什麼正當的立場。

「你覺得原因出在哪？」媽媽放下手邊的雜務，坐下來好好聽子其解釋。

「因為我不想努力，又想達到妳的標準，對妳說謊，塗改成績單。」

媽媽微微一笑，她要聽的就是這個，一句發自內心的認錯。媽媽臉上緊繃的神情也軟化成柔和，「從班導師上次來醫院探病時提到，你的作業跟成績單沒簽名，那時候，我就知道了。」

他愣然地問，「媽媽，妳不生氣嗎？」子其連頭都不敢抬起來，看著剛剛腿上拆掉紗布的痕跡，他覺得自己真是個混蛋，「不止這個，原本我還打算用很不好的方法達到目的。」

「你熬夜捆紗布的那一晚，我還打電話給老師，請她盯著你。」媽媽苦笑一下。

「難怪那一天，老師坐在我後面……」子其整張臉泛紅，「唉喲，好丟臉。」

「與其說我很生氣，不如說我超擔心。」媽媽的面容比以往更加憔悴和蒼白，「但我不管怎麼阻止也沒用，這件事，必須你自己想清楚是非與對錯。

「媽媽也知道你抗拒念書，並不是每一個人都有天賦，在你還沒找到你做得來的事之前，媽媽才會要你先把書讀好。」

「其實，我是想讓你們放心的，不知道為什麼，越是想表現好，越是選錯邊。」

「對媽媽來說，其實有許多你不知道的第一。在媽媽心中，你是第一個出生的孩子，第一個既讓我頭疼又讓我歡喜的孩子，在生活的順序上，以你第一優先，要不是你爸爸發生這樣的事，我們一家子會過得更加幸福快樂，你是我和爸爸生命中第一份而且是最珍貴的禮物。」

「最珍貴的禮物……」不知道為何，子其的眼淚只有在媽媽面前才能自然而然流下來，「對不起。」

媽媽從包包裡再拿出另一份申請單，「其實第一名跟進步最多的同學都可以申請獎學金，這是憑你自己努力而來的結果，你靠自己的實力幫了媽媽的忙。爸爸知道也會很開心的，子其，我們不能人窮志短，就走狹路，未來還有許多挑戰等著你去克服。」

「媽媽，有一件事我想跟妳商量。」子其猶疑著，下脣一咬，決定好好對媽媽表態。

「魔術的事嗎？」

子其令人意外地搖搖頭，「我有一件必須為『重要的人』而去做的事。」他流露出從未有過的堅定目光，「我希望獲得妳的支持與認同。」

沒有家人同意的不安，那種迷失的感覺他再也不要。

「那個重要的人是？」

子其把目光投在爸爸身上。他的確想為爸爸達到心願。

「既然如此，媽媽相信你懂得處理事情的輕重緩急。」媽媽握住子其的手叮嚀，「不管你遇到什麼挫折，都不要輕言放棄。一個人只要下定決心，就可以削弱恐懼，知道什麼必須完成，就能克服恐懼。」媽媽把子其的手拉到臉上，「你就像一根弦上的弓，不拉著你就會向前飛，慶幸的是，只要是對的方向，你就能又高又遠，我從不懷疑。」

「謝謝媽媽。」

獲得媽媽支持的子其心裡感覺踏實許多。接下來，他要以正確的方向，去做重要的事。他看著手中的魔術方塊，拿起準備已久的螺絲起子跟潤滑油跟衛生紙，開始重新整理分離的零件，幸虧軸心的部分完整，角塊沒有缺損，只要慢慢拼回去，擰轉的流暢度微微差一些，再做些微調，當成練習工具還可以，不僅如此，章子其還發現有趣的機關，開心笑了起來。

媽媽充滿慈愛看著熱切且集中注意力的子其，心中無限的感動，每一個動作就像……

就像，孩子的爸。

看著子其恢復生氣，子其媽媽心中的大石頭放下不少。畢竟，母兼父職，剛柔並濟，她要不是有班導師提醒，差一點就會失去子其這麼一個乖孩子。可如今，子其的事緩解了，燃眉的事卻毫不停歇，她沒對孩子說出口的是：這一波經濟不景氣，由於她請假次數過多，裁員名單中有了她的名字。

10

道歉與道謝的把戲

去便利商店買早餐的時候，無意中，他看見店員姊姊被店長責備工作不專心。說正經的，這家店的忙碌時間集中在午間十二點至一點；另一段時間則是五點半至六點半的期間，光是只有姊姊一個人根本忙不過來。

店長一邊責罵一邊看著章子其走進店來，想起上一次因為姊姊的輕忽怠慢，對她更是惡言相向。

章子其一走進門就大喊一聲，「我進來了。」避免瓜田李下的嫌疑，他走到熱食區拿一盒牛奶拿到櫃檯結帳，「請幫我微波。」

「又是你這小子。」老店長很不客氣地拿起放在桌上的一百元結帳，他找了七枚拾圓給子其，子其卻說：「你找錯了。我剛剛拿的是五百元。」

老店長更加生氣，「你這臭小子，明明是付一百。」老店長查看了一下收銀機，原本沒有五百元單張的，卻出現一張帶點陳舊的五百大鈔，難道是他老眼昏花了嗎？

雖然心裡有點懷疑，可是找不出任何破綻，老店長再拿另外四張一百元給章子其。

「你還少一張給我。」

老店長更加生氣了，「我明明拿四張給你了啊。」

章子其表情無奈，當著他的面數清楚，「一百、二百、三百，喏，你看，只有三張。」

「見鬼了，真是。」老店長再打開抽屜，再拿出一百元時，卻發現那張陳舊的五百元怎麼不見了。

「你偷拿走了我的錢。」老店長大聲嚷嚷。

「別誣賴人了，我站在這裡什麼也沒做，有人證，」章子其指著店員姊姊，再來，他指著監視錄影機，「有物證。」他正經八百說：「你必須向我道歉。」

弄不清楚到底怎麼一回事的老店長，有點惱羞成怒，「你別走，我找人評理。」

陳醫師剛好經過，被老店長拉了進來。聽完店長的陳述與指控後，陳醫師只好說個公道，「那麼核對收銀機發票跟現金，有什麼出入嗎？」

老店長停機查看的結果，帳目合一，完全正確，也就是說冤枉他了。這份打擊可真不小，老店長拉不下臉來。

「沒關係，事情弄清楚就好。」陳醫師打著圓場。

「店長該感謝店員姊姊把你的每一塊錢都顧得好好的，一毛也沒少。」章子其又說：「她努力工作，從沒抱怨錢領得不多。」

大家默默走開後，章子其跟著陳醫師走出店門，走到遠遠的地方時，陳醫師對著章子其說：「你好大的膽子，敢戲弄人家。」

「我可沒讓他遭受任何損失喔。」章子其偷偷笑了一下，「只是幫姊姊討回信任而已。」

章子其對陳醫師扮了一張鬼臉，小跑步上學去了。

賽鴿一隻接一隻接序從頭頂上飛過，大概是比賽的日子接近了，鴿群出來飛行的次數變得頻繁。章子其的上學路線做了一點小改變，他會特地繞到謝之旋家，等候她，兩個人一起上學。

謝之旋從早上出門就一副心事重重的樣子。

到了學校，同學們都在聊天，謝之旋呆坐在位子上，一個人苦惱。王小胖說她被選為班級模範生後，就一直是這個樣子，不是應該開心的嗎？也不知道她是怎麼了。

看到大家這麼關心她，謝之旋才解釋，「我是因為全校的模範生選舉不知道該表演什麼才心煩的。」

「原來是這樣啊。」答應教謝之旋魔術的事，他可沒忘，「那我替妳設計一種瞬間魔術方塊的表演。」章子其的提議似乎不錯，謝之旋才如釋重負。

在拆卸魔術方塊的過程中，章子其發現，魔術方塊本身也可以是一種魔術道具，只不過要花一點時間去改造一下，這種手上工夫的練成，真多虧那次徒勞無功的小抄。

謝之旋靜靜看著章子其做道具，複雜的前置工作，讓她對魔術道具有更進一步的瞭解，原來台上的曇花一現，台下可要絞盡腦汁。

「服裝上，我倒是建議妳可以穿件短洋裝。沒有袖子可以躲藏，可信度會大增。」

章子其瞇著右眼，透過兩手食指與拇指搭起的取景框，把謝之旋清新可人的樣子，咔嚓，咔嚓，一幕幕收進他的腦海裡，這將會是他變過最美的魔術，不由得開心吹起口哨來了。

口哨聲響徹雲霄，穿透學校的大禮堂，從謝之旋上台的那一刻起，底下的男生就沒安靜過。

「老天爺，這些人是沒見過女生嗎？」王小胖酸溜溜地是為了哪一樁？章子其暗笑一聲，他早就知道會有這種效果，謝之旋那麼纖瘦，穿旗袍再適合不過了。

長簫的聲音像雨水散在舞台，傘花下的謝之旋踏著曼妙的舞姿，輕輕撐開白雲般的傘，蹬，蹬，踩著二下花布鞋的腳，水墨畫躍然在紙傘上，傘花像滾輪轉啊轉地走了一圈，讓人目不暇給，動作俐落，紙傘收束成一根拐杖，她兩手對摺再對折，來回兩次，成了四四方方一塊，她秀出方塊的每一面：紅、橙、黃、藍、白、綠。

她帶著魔術方塊走了一圈，展示給台下的觀眾確認，那的確只是普通魔術方塊。接著，她拿著六面整齊的魔術方塊，請台下一名男同學上來，請他把它的秩序弄亂。她問了台下的觀眾一個問題：「有人知道 3X3X3 魔術方塊的世界紀錄是幾秒鐘嗎？」

觀眾七嘴八舌，一陣鼓噪。有的人說十秒，有的說八秒，有的六秒……她帶著甜甜的嗓音說：「是四．九秒喔。」接著，她要大家猜猜看，「那大家覺得我可以花多少時間把這個魔術方塊變回原狀呢？」

有人說五秒，有人不看好說十秒，甚至有人說她根本不行。

謝之旋甜甜一笑，伸出她的右手，朝大家用力一捉，「請把大家的信心都給我喲。」

背景音樂聲瞬間抽換成緊密的鼓聲，咚咚，咚咚咚，咚咚，咚咚咚……

唰——只見魔術方塊在空中一翻，短短從空中拋落入手裡，一秒鐘的時間，魔術方塊恢復了原狀。

台上掌聲響起，呼聲不斷。班上的同學更是嘖嘖稱奇，「她是怎麼做到的？」

王小胖可就鬱卒了，書不想念他無妨，可連魔術都看不透，他超不爽。再怎麼說，他也是章子其的第二魔術助理，他非找章子其問個清楚不可。

回到教室後，章子其先是哈哈大笑，才娓娓道來，這場魔術到底是怎麼做到的。

「首先，謝之旋請台下一位男同學上來，當然，全校她只會選一個人，那個人就是我。雖然，我當大家的面隨意把魔術方塊弄亂，實際上，那只是一種障眼法，我把事先安排好的魔術方塊掉了包。實情就是這樣。」

謝之旋的表演很成功，相信可以為她帶來不少的選票。她開心向章子其道謝，子其受之有愧並不敢當，「我本來就該教妳魔術。這一聲謝謝是

多餘的。」

章子其轉著手中的魔術方塊，快速把剛剛那顆弄亂的魔術方塊給恢復原狀。

王小胖驚呼一聲，「老天，你是怎麼弄的？」他鬧著子其再來一次，不管怎麼弄亂，他幾秒鐘又恢復原狀。

「為了WCA公開賽，我正在練速度。」章子其這時才憂心忡忡說：「可我不知道該怎麼報名。」

「WCA是什麼啊？」

「世界魔術方塊協會在各國舉辦的例行賽，當地的認證判決參賽者是否合乎規定，並提交報告與成績給委員會。」

「那你幹麼要參加這個啊。」王小胖好奇地問。

「那是因為我爸還能說話前，告訴我，只要我再練一下，就能參加

ＷＣＡ公開賽了。要是他知道的話，身體會復元也不一定。」

同學們聽到子其的話後，都想幫他的忙。

謝之旋想到一個好主意，「走，我們去找導師商量。」

11

相輔相成的交流

幾位熱心的同學一起來到導師辦公室，章子其想起那一段被罰站的日子，連天花板有幾道裂痕，他都數得一清二楚，無聊的舉動促成他細微的觀察力，大概就是那時候養成的習慣吧。

其他班級的老師開他玩笑，「章子其，你好久沒來了。」

王小胖發現班導師的辦公桌上竟然多了一顆魔術方塊。

老師笑著說：「我發現魔術方塊的構造就跟我們班級的人數很像，老師我就像是中心軸，六個中心塊就是班級幹部，其他的男女同學就是二十六個邊塊與角塊，大家互相牽制不會散開，任何一面都可以水平轉動而不影響到其他方塊。玩一陣子後，老師發現這能提升專注力、記憶力、觀察力，這是老師從你們身上學到的事。」

「那如果我也玩得不錯，下一次進步獎就非我莫屬了。」王小胖雀躍地跳了幾下，被兩旁的同學吐嘈：「最好這東西你轉得好。」

接著，謝之旋把章子其想參加魔術大賽遇到的困難告訴班導師，老師決定找校長討論。

校長知道後，叫章子其來校長室一趟。章子其再次推開校長室的門。校長如同以往，端坐在皮椅上，緩緩轉過身來。

「你知道發明魔術方塊的人是誰嗎？」校長問。

子其搖搖頭，他從沒想過那麼源頭的事。

「是匈牙利建築教授魯比克發明的，他利用八個小方塊綁橡皮筋，並塗上六面顏色與數字，主要目的是用來提升學生的空間能力。」校長拿起放在桌上的魔術方塊，遞給子其，「當然，橡皮筋很快就斷了。他不斷改良，方塊終於能擰轉。衣著破舊，抽著廉價香菸的魯比克老師從沒想過這玩意可以風靡全球。」

子其打量校長的魔術方塊已經換新，不再是以前 3X3X3 的那種。

「全世界玩魔術方塊的人多如過江之鯽。」校長開門見山說，「告訴我，你是抱著什麼樣的心情想參加魔術方塊世界大賽。」

「我是為了重要的人才參加的。」子其坦白說：「我沒想著輸或贏，只是覺得終於能步入那樣的境界而興奮。」

「你打算把這個夢想變成真了嗎？」

子其的目光堅定不移，「我會盡全力去做。」

「儘管你必須花上好幾年的時間，也不在意？」

「時間不是問題。即使要花上好幾年的時間，我也會繼續的。」

「還記得我們的約定嗎？找出你的恐懼。恐懼會在關鍵的時刻癱瘓一個人的心靈，你準備好與它奮戰的決心了嗎？」

「校長，之前的我無論做什麼都害怕，害怕失去，害怕失敗，唯一能讓我不害怕的只有：一直去做害怕的事。」子其反問，「難道校長對許多事情都無所畏懼嗎？」

校長若有所悟說：「我的恐懼已經跟著我變老了。」

「況且，校長就算沒有我教，也可以轉得很好，不是嗎？」子其早就發現了這一點。

「子其啊。這叫做交流。校長想知道你的想法，並且你也能告訴我，你所知道的事。人的心靈就是要能交流，才會成長茁壯，彼此相輔相成，一起變得更好。」

「所以，我們現在是麻吉了嗎？」

校長呵呵大笑，握住子其的手，「我能為你做的就是陪你走這一段路，讓我當你的魯比克吧。」

好溫暖好厚實的掌心傳來子其久久沒有感受到過的信任。爸爸以前經常握著他的手，教他修理玩具、組合家具，一起做許多他一個人辦不到的事。他最害怕的從來不是輸贏，而是爸爸不能看見，看見他最好的表現，對他說，「你好棒，子其。」

12

專業是怎樣練成的

「工欲善其事，必先利其器。」校長下達的第一個指令就是——比賽前你得找到專家幫你好好打磨出一個神器。

「這個不行嗎？」章子其很珍惜爸爸送的這顆魔方，但他知道這顆早就摔出了毛病，擰轉起來大不如前，「那我該怎麼辦？」

子其接過校長給的名片，默念著上面的頭銜。

資深玩家：嘎嗶。

WCA認證員．亞洲台灣代表。

亞洲公開賽紀錄保持人。

上次來逛西門町的巷子是爸爸還未入院前的新年，章子其轉了好幾圈早就忘了走過的巷弄，遍尋不著名片上的地址。他索性打電話問這位高深莫測的資深前輩：嘎嗶。

幾分鐘後，章子其隔著一張貼皮書桌，站在嘎嗶的對面。子其的爸爸就有這麼一張工作用的桌子。嘎嗶掛著一副深度眼鏡，染成棕色的短髮，雖然他說工作室很亂，可這裡沒有一處是亂的，陳列得比博物館還整齊考究。他讓子其覺得自己好像做錯了什麼事，而且是無知，完全不可原諒那種。

嘎嗶圓睜睜的眼睛一直盯著子其的手掌。他傾身向前，高度專注的表情像投射燈，照得章子其無地自容。他猜嘎嗶的年齡足夠當他老爸，可是，當嘎嗶一拿起魔術方塊，歲數就會開始遞減，你會在他認真的一舉一動中發現他有多年輕。

「你的左掌比較大，要是能練左手轉，速度會比右手快。」嘎嗶停頓一下，接著說：「我只幫我認可的人打磨方塊。」

子其拿出爸爸的方塊，嘎嗶拿到眼前仔細估量，「這是美國公司提供的打磨方塊，售價是原方塊的十倍之多，不過國外的打磨只是按照機械化的作業標準，沒注入工匠的靈魂，少了一點人味。」嘎嗶打開他的工具箱，置架、木工刀片、螺絲起子、軸心油、各尺寸的彈簧、螺絲零件、墊片，一應俱全，子其真是大開眼界。

「小夥子，一顆三階方塊，打磨到組裝外加測試，至少要數小時，眼睛睜大一點看。」

嘎嗶就像是魔術方塊界的外科醫生，反覆測試抓出問題所在，所有細小的碰撞、干涉，都在他的巧手下消除到最低。章子其修理過方塊，可沒見過這種至少反覆五六十轉以上的測試，咔啦，咔啦，連轉動時碰撞出的聲音，他都不放過，散發出一股沉穩的殺氣。

章子其很想問如此高超又精緻的技術是怎麼做到的？他用雙肘支撐身

體，仔細看著每一步驟，他漸漸得出一個答案，任何一個魔術方塊資深玩家，都會習得這個能力，而他也要成為像嘎嗶一樣近乎苛求的專家。

當他把打磨完成的魔方交至子其手裡。那顆方塊握在掌中的重量，變得不一樣了。

魔術方塊在子其的手裡變得輕盈，僅指腹輕輕滑過，就有推拉的感覺，清脆的轉音，爽快的就位，卡卡的撞擊消失了，手感提升至更高的境界。

這就是所謂的專業啊。子其驚嘆不已。

「為什麼手感差這麼多？」子其來來回回轉上十遍，每一轉都打破自己先前的紀錄，真是太不可思議了。

「要看你有多想轉它。」

「非常想！」

嘎嗶嘴裡飄散一股淡淡的咖啡味兒，「我手中方塊都是以用來比賽的嚴肅態度來看待它。」

「原來如此。」

「你要知道，每一位上場的選手都可以攜帶自己的方塊，如果你不能好好對待這個為你贏得喝采的方塊，又怎能期待用它打破紀錄呢？」

他把架上自己當初比賽的方塊拿給子其看，子其看著放在桌上被移除的卡角、墊片，「那些是不必要的嗎？」

「方塊的結構大同小異，速度得靠自己練，即使我幫你調成最佳狀態，也要你會用才行。」

章子其心悅臣服，嘎嗶前輩幾乎是用百分百專注的生命投注在上頭。帶著這顆魔術方塊離開後，子其抬頭挺胸，多了一分自信，且感覺不再孤單──如果要玩，就玩真的──他心裡自然就冒出這些字眼。

13

找回熱情與初心

「如果你想成為某個領域的專家，就要反覆練習，達到一萬小時的底限。」校長下達的第二個指令就是每天都要——轉、轉、轉。

早上上學吃早餐的時間、放學後更是練到半夜，為了增加對魔術方塊的認識，還到圖書館借閱了許多祕笈，網路的資訊雖然多，卻十分龐雜，且切不中要點。他的速度雖然減至十八秒，子其發現有了瓶頸。他不知道問題出在哪裡。散布在手指、背部和肩膀的疼痛，都讓他體會到練習所帶來巨大的疲累。

這天放學，他獨自一人來到西門町，腳步不由得走進嘎嗶的工作室。他把自己遭遇到的沮喪告訴嘎嗶，「我像個蠢蛋，竟然想去挑戰世界大賽。」

嘎嗶最討厭人跟他說喪氣話了。啪，一聲，他一掌巴過去，章子其的腦袋挨了一下。

「這是叫你清醒一點。」嘎嗶說：「我說你啊，如果一天練八小時，至少五年才能叫專家，再五年才能成大師。能練到這種程度，就該回想一下經驗，別否定你的過去。」

「想想你第一次解出來的時候是什麼感覺？」

章子其回想他第一次解出來的時候，興奮跳了起來說：我是天才！爸爸，我解出來了。但他不好意思在嘎嗶面前這麼說，認真想了一下，找出一個比較適當的字眼，「爽。」

「為什麼你現在比以前進步，你卻不開心了呢？」

子其也不明白自己心境上的差異，到底是陷入什麼樣的障礙。他絕不是個懶惰的人，公式書他都翻爛了，以前只要解得開，就心滿意足。如今，一旦追求速度，壓力與自我要求就像兩支刀刃，要脅喜歡魔術方塊的自己。

「你要找回當初愛上方塊的初心。速度是記憶、反應、熟練與經驗的結合。你有好方塊、好手法，接著就要汰換掉多餘的步驟與學習更簡便快速的方法。」

「多餘的步驟？」子其第一次聽到這個。

「我看過你轉，隨心所欲選一面再調整成一層是你的習慣，最理想狀態是能夠依自己所能想得到的順手，將四邊依選定底色順序歸位。」

「白色。我通常先做白色底。」

「接著是，練習同步觀察。省略不必要的頂層移動。多方向歸位，左右開弓。與其分秒計較手轉的速度，逼迫連你自己眼睛也跟不上的事情，只會造成秒數增加的反效果，你的眼睛、腦子、手部動作能夠同步才是關鍵，發呆造成的秒數浪費一旦多了，手速也無法突破，這就是你現在的問題。」

「那我該怎麼練習眼睛、腦子跟手同步轉動呢？」

「以單純概念為基礎，所發展出來的解決方法，能讓你專注在銜接的持續性，達到不需多加思考即可判斷的程度，解法不只一種。」

「照你的說法，任何一個玩家，包括我也能找到速解法？」章子其靈機一動，一雙眼睛閃現希望的光芒。

嘎嗶覺得章子其真是儒子可教也，「沒錯。正式比賽的觀察時間只有十五秒。雖然我是方塊老手，但人外有人，天外有天，總會有人比你更厲害，你永遠不知道下一個紀錄保持者是誰，每一年都有人會突破這個關卡。重要的是，你有沒有堅持到底，永不放棄的決心。」

「我要回去再多加練習。」子其握拳，再次死灰復燃，燃燒鬥志。

「雖然WCA公開賽是任何人都可以參加比賽。但你也要有自知之明，沒有三兩三，怎敢上梁山。」嘎嗶看著子其這個不知天高地厚的小子，沒恐嚇一下他可不行。

「喔。對了。你想不想體會一下臨場感？」嘎嗶拿出國內最近一次公開賽的廣告宣傳單，「有個傢伙你可以去認識一下，夏哈是目前亞洲最多項目的紀錄保持人，WCA榜上的三冠王。從二〇一〇年起，幾乎每一場公開賽他都會參加。目前的報名人數已經額滿了，主要是讓你去看看什麼是高手，熟悉比賽規則也是重要的經驗，講白一點，主辦單位因經費不足，欠幾個打雜的工讀生，沒工資領，只有一個便當可吃，你想不想去？」

「我當然要去。」章子其興奮地說：「有這麼強的對手，有什麼理由不去見識一下。」

14

輪椅上的神轉手

章子其戴上安全帽，坐在嘎嗶的摩托車後座，他好久沒坐摩托車了，感覺位子有點窄。以前他常坐爸爸的摩托車上下學，那台一二五差不多快報廢，等他十八歲，他要把車修復，騎著上學。座位的大小克服後，令他不太適應的是嘎嗶的技術。嘎嗶在車陣裡鑽，像極了舞龍舞獅，一會兒左，一會兒右，有時還會斜切，好像把車頭當成魔術方塊轉。他們好幾次驚險閃過黃燈，嘎嗶說他有在讀秒的，別怕。

「我沒在怕。」章子其建議嘎嗶該重考駕照，再這樣下去，他對交通罰金會有過多的貢獻。

活動中心的休息區，有許多做晨起運動的長者就地乘涼，已經有幾位選手到達，正在練習。提早到達的不只有他們，工作人員陸續到場，除了WCA認證員嘎嗶之外，另外還有兩名裁判、兩名成績紀錄員、兩名轉亂員以及後勤人員。

章子其順著嘎嗶的目光，看見不遠處的停車場，有一名少年坐在輪椅上，他的父親推著他，母親大包小包跟在旁，他穿著簡單的白棉上衣、蓬亂的髮型，夏哈看起來就像普通的高中生，跟他了不起的紀錄完全搭不上印象。

「那個戴著眼罩正進行盲解練習的就是夏哈。每次公開賽或交流賽，他都有不一樣的表演，十五種項目，他打算一一破解並創下紀錄，唯一他不能參加的只有腳解。」

「嗨，嘎嗶。」夏哈說。

「喏，全數調整完成。」嘎嗶遞給夏哈魔術方塊的袋子，「跟你介紹，這是子其。」

「嗨，夏哈。」

一股說不上來的感覺充盈在子其的胸口，這個場合，不論是娜娜或爸爸都不能出現。夏哈彷彿是一座教堂裡的鐘，撞開他長久以來積瘀心底的痛疼。

嘎嗶帶著子其走進會場，並且介紹硬體與軟體的規則。

「會場的計時器及桌墊比照WCA大賽規格，參賽者必須要把雙手平放在計時器高起的感應區域，手指碰觸感應區並且手掌向下，別小看這個動作，沒做好，處罰時間加二秒。」

「二秒。」子其扳下兩根手指，記下這嚴重的處罰。

「參賽者若不熟悉比賽規則，要是犯規，被處罰的秒數加上實際轉的秒數，就算你是神轉手也追不回來。」

「那萬一方塊有點偏，要不要處罰呢？」

「方塊完成的狀況非常重要，特別是最後一步放下完成方塊的判定，超過方塊四十五度線，差一步驟，處罰加二秒，差兩步，被判定未完成

（DNF）的選手相當多，犯下這種錯誤就非常可惜，當場痛哭的人也不少。」

「萬一方塊故障該怎麼辦？」

「你可以選擇修復方塊繼續解，秒數可不會停喔。或是選擇放棄測速，視為未開始（DNS）。也因此，方塊容錯度的評估測試也是賽前要注意的關鍵。」

「那我這顆方塊的容錯度如何？」

「適中。但不保證在你集中操練後有沒有變化，調整鬆緊度跟潤滑你已經學會了。我每次拿你的魔方，發現你的手汗問題挺嚴重的。這樣吧，比賽前，再拿給我保養一下。」

「到底比賽成績是怎麼算的？」

「方法很多，以世界大賽來說，共五次機會，去除最佳及最差的秒數，剩餘三次取平均值，當然，DNF或DNS會視為參賽者該輪最差的成績，如你有兩個以上的話，平均成績紀錄就是DNF。換句話說，你只能有一次出錯的機會。」

「老天，這比學校月考難多了。」子其聽到一個頭，兩個大。

「每輪至少淘汰四分之一的參賽者。」嘎嗶拍拍子其的肩膀說：「努力留下來就是了。」

所有觀眾都必須離比賽舞台至少一．五公尺遠，子其站在簽到處，目光一直離不開夏哈。他想看夏哈轉動魔術方塊的樣子，夏哈的指關節即使不碰方塊，也像是手裡握著隱形的方塊一樣，保持細微的活動。

「記得上場前要像夏哈那樣，保持暖手。」嘎嗶特別交代這個細節。

「原來那是暖手啊。」子其摸一摸雙手溫度，大部分時候都是冰涼。

「比賽開始時，由裁判唱名，參賽者就位，轉亂員配合電腦程式，把選手的魔術方塊按照亂數的步驟設定，再蓋上罩杯，放在參賽者的面前。」

「夏哈也有十五秒的觀察時間嗎？」子其擔心夏哈的表情浮在臉上。

「當然不是。盲解跟速解不一樣，成績計算方法是記憶時間加上復原時間。」嘎嗶把每一個步驟解釋清楚。

「少了目視，還能轉得那麼快啊。」子其咋舌且驚嘆盲解對他來說根本是超高門檻。

「盲解比速解難的是少了直觀感受。你試著想，去除層的概念，只靠角塊或邊塊的狀況下，就必需固定一個方向，固定一個基準塊跟鎖定的目標塊位置互換，還要確保不影響到其他部位，腦中的記憶一旦被打亂，復原的機會渺茫。你知道難在哪了吧？」

這麼驚人的瞬間記憶力，令章子其看得目不轉睛，「簡直是神一般的高手。」

夏哈戴上自備的眼罩，水藍色的安眠罩，再也看不見他圓睜睜的眼

睛，雙手拍下計時器的那一刻，每一個動作都美得像是指揮家的藝術融合。夏哈是用心在跟自己搏鬥。章子其整個人沒那麼振奮過，在這個地方，在他眼前，竟然有這麼出神入化的人達到他的夢想。

公開賽後的成績公布，夏哈打破盲解的亞洲紀錄，一群記者蜂湧而上訪問他的感想。

章子其永遠記得夏哈說的那一句得獎感言。

他謙虛說：「感謝我的父母，我才能在這裡，領這個獎，沒有他們，我做不到。」

子其在夏哈步出會場的最後一刻，看著他父母推著他走出會場的背影。心想，夏哈的內心之所以如此強大，絕對是有一顆勇敢且善解人意的心。

15

祈求好運降臨

校長帶來了一個好消息，今年的ＷＣＡ公開賽全球將近一百六十場，台灣有三場比賽，台北跟新竹場已經舉辦過了，今年只剩下高雄一場「All is well 2016」，報名人數只收四十人，候補十名，他特別提醒章子其，「這次可不能錯過報名的時間，錯過了，你就只能出國比賽了。」

「那我馬上填。」

子其馬上拿起校長放在辦公桌面上的手機ＡＰＰ報名表單，意外發現桌面照片是一位瘦小的穿跆拳道裝的女孩。

「娜娜。」子其吃驚地喊出來。

本來還談笑風生的校長這會兒變得面色凝重，彷彿身上有一塊痂脫落，紅紅的新生皮膚被人瞧見似的。

「孩子，你認識娜娜嗎？」

子其點頭如搗蒜，「我在醫院沒什麼朋友，我們經常在醫院的病房和草地上玩。那麼，娜娜又是校長的什麼人呢？」

「是我的什麼人嗎？」校長低下頭，掩著面，魚尾紋清晰可見，「在我抱回世界魔術大賽獎盃的那一天，在昏暗不明的十字路口，撞上了抱著跆拳道獎盃闖紅燈的娜娜。從那天開始，被揭開的恐懼從沒離開過我。」

「校長，你可以不要告訴任何人的。」

「沒想到被子其你發現了我人生中最大的錯誤。」校長哽咽表示，「說出來後，我感覺好多了。為了娜娜，直到現在，我還是會為她表演魔術。」

子其激動的說：「就算這樣，我還是想跟你學魔術。」

提起這段往事的校長回想起娜娜離開時的最後一句話：「我想學魔術……」

校長若有所悟推翻他原本的認定，「也許那句話真正的意思是……我想學魔術方塊。」

沒想到方塊牽起他與子其兩個人的師生關係。

「難不成娜娜一直想學的是魔術方塊？」對校長來說，這可能是另一種錯誤。

「也不是不可能，她曾經吵著要我教她。」子其思考校長的推論，對照記憶中的娜娜。

「可是，校長為什麼會出現在導師辦公室變魔術呢？」

「因為那一天，我在娜娜的靈前，表演了魔術。趕回學校時，剛好路過看見你。」

「娜娜也一直出現在我夢中。」子其覺得這太微妙了。

這算是奇蹟吧，章子其默想，百分之百的娜娜帶來的相遇奇蹟，彷彿固執的娜娜還沒真正離去。

放學後，章子其掩不住心中的雀躍。

他在心底吶喊，我終於也能參加WCA公開賽了，只要努力，所有的歷史成績都將展現在全世界的WCA榜上，這就是魔術方塊的魅力，任何人都可以參加，只要你願意去轉動它、瞭解它。

他心中還有一個小小希望，那就是爸爸和媽媽都能一起去看他比賽。子其不知道這算不算奢望。媽媽答應他會去找陳醫師談一談可行性，如果只是暫時向醫院請個一天假，坐高鐵下去高雄，應該是可以的，但也要看爸爸的病情穩不穩定。

「我跟妳一起去問陳醫師。」

「不行。你不能跟媽去，你還得加緊練習。」

以練習為由，子其的媽媽拒絕他一起前往，她不能讓他知道爸爸的情況，陳醫師絕對不會答應告假出院，但子其的媽媽知道，這一場比賽，對子其和他爸爸而言有精神層面的意義存在。她得想辦法說服陳醫師開立緊急用藥，並且全心全力注意所有細節。

但是，陳醫師並不支持這項作法。

「我知道你們都想出這趟遠門。」陳醫師提出警告，「妳要清楚後果，只要稍有不慎，可能就救不回來了。」

「對子其而言，他認為爸爸會好起來的。」

「妳到現在還沒告訴他實話？」陳醫師嘆一口氣，「他總有一天會發現爸爸的病不是意外傷害的，要是他突然走了，妳要子其怎麼接受這個事實啊。」

聽完陳醫師的話，子其的媽媽整個人消沉下去。

「我明白，但如果不讓他們成行，就算熬過一天是一天，我怕我會後悔沒讓子其陪爸爸一起走這最後一段值得珍惜的路。我拜託你，求求你，就成全我們一家人吧。」

「真是太亂來了。」

「這次比賽完，我保證會好好跟子其說爸爸的病情。」媽媽低下頭，「我只是也需要時間接受結果。」

陳醫師被說動了，再怎麼堅毅的心腸也很難不被她說服。

「子其是個聰明的孩子，我也希望他以後能更加勇敢面對挫折與挑戰，既然，妳明白事情的後果，也堅持這麼做，我也沒有什麼立場可勸阻你們了。」

「陳醫師，謝謝。」

子其的媽媽拿著藥單，兩行熱淚趕緊拭去，她不能讓子其看見，她要讓她的孩子完成他爸爸的期望。

在病房等候的子其絲毫沒浪費一丁點時間，他仍加緊練習，他的手汗問題嚴重，方塊的表面也都損毀得厲害。看著剛進來的媽媽點點頭，他整個人歡呼地跳了起來。

「耶！爸爸，爸爸，子其會讓你看見WCA榜上有我的名字。」

媽媽愣了一下，趕緊換上欣喜的笑容。

「這還是爸爸和我第一次要搭高鐵，我們好久沒走出這間醫院了，就當成我們全家今年的第一次旅行吧。」

媽媽抱著子其一邊說，一邊看著躺在病床上的爸爸，她心想，這是你的心願吧。

爸爸彷彿牽動了一下嘴角。爸爸的雙手總是握成一顆方塊的形狀。

「需要媽媽幫你什麼嗎？你那一顆方塊也玩得夠久了，還能轉嗎？」

「嗯。可以。這是爸爸給我的方塊，我一直很珍惜，前陣子還拿去一個前輩那兒保養，再玩個幾年沒問題的。」

「前輩？」

「他是嘎嗶，是個方塊高手。」

媽媽笑了一下，「很有趣的綽號。比賽前，你還要送去保養吧？」

子其點點頭，他想把這個好消息告訴嘎嗶。

再一次走在西門町街頭，看著熱鬧的街區，情侶肩並肩，大手牽小手，電影院門口永遠那麼多人。他記得爸爸帶他來看電影，電影講的是一個數學天才的故事。爸爸說，我們都不是天才，所以任何事都得努力，因為就算是天才，他們也要靠努力。

子其走進嘎嗶的工作室。他正在忙著調整魔術方塊，那些方塊的外型很特別，不是常見的那種。他說這幾顆方塊的主人是夏哈，那足足有十顆吧。比起他口袋裡那唯一的一顆，他更加緊緊握住。

「我報名了高雄那場比賽。」

「好樣的。我來幫你看參賽者名單。」

「你都認識嗎？」

「全台灣的高手都來了。算你運氣差。」

「不會吧。」

「喏，這個夏哈，你也見識了。另外這幾個都是常勝軍，他們是為了突破自己的WCA紀錄來的，我勸你把稱霸WCA榜的野心先收起來，告訴自己，請先努力在百分之二十五的淘汰賽中留下來。」

「別觸我楣頭嘛。」章子其被嘎嗶弄得好緊張，「這是我的第一次吔。」

「我有話直說，沒跟你來客套話，你啊，太嫩了。但是，我們都相信有奇蹟。」

「一點也沒安慰到我。」子其開始發愁了。「我比賽的時候會念一段安心咒，當你緊張的時候，就這麼做。」

「你可以念給我聽嗎？」

「把你的祖宗八代通通請出來就可以了。這可是我祕密絕招，別說出去。」

「真想聽你RAP一遍呢。」子其把他口袋那顆傷痕累累的方塊放在桌子上。「喏，你會幫我調整吧。」

嘎嗶從方塊磨損的情況，可以看出子其練習的程度遠超過他當初的頻繁度，年紀這麼小，就有這樣的決心，這點令他刮目相看。

「算你好運，經過我的調整，保證會比夏哈的還要好轉。」

「就知道你人最好了。」章子其笑開了，認識嘎嗶是他最幸運的事了。

「是嗎？獎金分我一半。」

「等我拿到再說吧。」

16

WCA 公開賽，我來了

從醫院出發的時候，店員姊姊說她下個月將要升店長了。老店長另外開了一間分店，醫院的部分就交給她負責。

子其替店員姊姊感到開心。他說：「這算是我跟妳的交流吧。」

店員姊姊歪歪腦袋，聽不太懂他的話，倒是把御飯糰遞給子其，當作是她的謝禮。

高鐵的車廂十分穩當，好像行駛在時間的河流上，目的地眨眼就到的感覺。陽光把爸爸的臉龐罩上一絲暖色，驅走原本的蒼白。

章子其瞇著右眼，透過兩手食指與拇指搭起的取景框，把爸爸坐車的樣子，咔嚓，咔嚓，一幕幕收進他的腦海裡。

從高鐵站出來轉乘捷運至都會公園站，一出站，就有涼風吹來，他們很久沒到這麼多人的地方行動了。地點在國立高雄第一科技大學舉行，正式比賽是九點開始，章子其的賽程排定於中午十二點半初賽，他還有一段時間可以觀摩與休憩。

他陪著爸爸在戶外的休息區等候，替他蓋上毛毯，高雄的陽光溫暖和煦，他也很久沒跟爸爸在寧靜的校園裡散步了。

夏哈也來了，他的父親推著他過來。

兩對父子以輪椅相對，彷彿握住重要的人，誰都沒放開彼此手中的椅把。

夏哈還認得子其並且熱切詢問：「這次你有參賽嗎？」

「我的場次在中午。」

「我會去看你轉。」夏哈停頓一下，然後說：「加油，你要進決賽喔。」

「沒問題。」章子其拍拍胸膛，轉過身又開始懊惱自己把話說得太滿，萬一連決賽都沒進，豈不是說大話了嗎。先別管這個了，他推著爸爸在會場外的看板，他的雙手始終保持空握方塊的形狀，子其本想幫爸爸按摩，卻發現爸爸手的溫度跟他一樣冰涼。

媽媽過來接手照顧爸爸，要他趕緊進去。

「媽，爸的手好冷。」

「好，我知道了。你先去忙。」

子其開始研究晉級人數，這次比賽的每一輪必須至少淘汰掉百分之二十五的參賽者，最後晉級人數是十人，只要能進入前十，就有機會進入決賽。

就連吃午餐，他也仍在練習。

一夜沒睡好的章子其看著觀眾席上的校長、爸爸和媽媽，努力保持著微笑，可是心裡完全輕鬆不起來，他整個人好僵硬。

初賽開始。

他心臟跳得好快，焦慮使他的手不停冒出汗來，他隨時隨地都在抹去汗水，沒幾秒又冒了出來。為了保持「暖手狀態」，自入場開始，他的手得保持是熱的，指關節隨時隨地都在轉動，就像神經反射般地運動，眼睛跟腦子必須不停地動，但他的手現在卻溼潤冰涼、硬硬梆梆。

為了這一天，他揚棄右手的習慣，這是必要的痛苦。因為他的左手比右手還大些，掌握魔方的穩定度相對較高，從決定參加魔術方塊公開賽開始，他夜以繼日練習，時數累積將近一千小時。

比賽正式開始前，他有十五秒的觀賽時間。他的動眼速度加快到十秒內。五次轉動機會，去除最快及最慢的成績，取其中三次的平均值。

手轉、眼看、腦想，同步觀察。子其感覺到爸爸在看著他的一舉一動。他總覺得爸爸有話想告訴他，也擔心爸爸的身體狀況會不會撐不住。

初賽第一輪，這一組的年齡差距令他大感意外，他的年齡是最小的，最大的參賽者年齡足夠當他爸爸，這本來就是任何人都可以參加的比賽。

子其順利的通過初賽，最佳成績是十五秒，他看到成績榜上有十秒、甚至八秒的速度，雖然不是他這一輪的，卻也相當驚人，他只是很幸運沒遇上這些高手。

「媽，我進入複賽了。」

子其回到休息區時，發現爸爸的手不再空握著方塊的形狀，那個角度，有點像是擰轉。也或許只是媽媽剛溫暖過爸爸的手，才改變的。

「你快趁著空檔，吃點東西吧。」

複賽前，他只喝一瓶水跟三明治，什麼東西也吃不下，媽媽有點擔心，

「要是太累，別勉強自己。」

「不會的，我都來了，沒比到最後怎麼行。我絕對會堅持到最後的。」

子其一咬牙，走進複賽會場，他看到夏哈，只不過，他不在觀眾席，而是選手台。

夏哈也參加了三乘三乘三。對子其來說，這個衝擊真不小。他沒有跟夏哈同一輪，可以再看一次他的轉速。他很清楚知道，夏哈參加的目的是來打破自己紀錄的。

而我章子其是來創造自己的第一次紀錄。子其不斷告訴自己，不要受影響，專注在自己的魔術方塊上。他的手汗開始多了，滑手的感覺一直揮之不去。

最後一次轉動時，子其害怕了，前幾次，他感覺方塊手中掉落的可能性越來越高，最後一步驟的滑動越來越不到點，當他放下方塊，計時器停止，他顫抖的手才離開桌面，魔術方塊剛好停在四十五度線。

裁判判定為十四秒。再次刷新自己的紀錄。

「恭禧你進入決賽。」夏哈對子其說：「我很期待。」

夏哈越是關注子其，子其就越是在意。章子其看著決賽名單，斗大的名字映入眼簾——夏哈。跟子其同一輪。知道後，章子其兩腳發軟，雙手顫動，對手的強大使子其的慌張逐漸擴大，他好想轉身逃跑，跟大家說他想下次再比，練好再來。

子其的媽媽走過來幫他擦擦手汗，遞給他一罐止汗劑，「這是嘎嗶給你的，要你現在噴。」

他抬頭四下尋找嘎嗶的蹤影，遍尋不著。

他轉頭看著爸爸，又發現他的手不再是剛剛的狀態，那個動作，是魔術方塊完成前的最後一步定位。

「媽。」子其拉著媽媽的手，要她仔細看爸爸的手，「我確定爸爸剛剛動了。」

「我一直以為是你動爸爸的手。」

母子兩人相視而笑。這是他們最意外的發現。

決賽就要開始了，他的不安也顯現出來。上一次爸爸帶著他參加交流賽時，告訴他，如果你遇到前有未有的挑戰，不要逃跑，不要放棄。趁中場休息，校長看出子其正在怯場，趕緊走過來替子其加油打氣，「別害怕你的對手，因為他同樣也有害怕的理由。」

「嗯。」子其點點頭看著爸爸就坐在觀眾席第一列，他告訴自己，爸爸一直在努力為他加油，為他來到這裡，他不能掉以輕心。

決賽在四點半開始。

依序唱名，各就定位。章子其的左邊是夏哈。他無法不去瞄夏哈，看他的手，看他的魔術方塊，甚至，他看他轉的樣子。他發出的所有聲音，

14.21
14.55

子其都聽得一清二楚。

當轉亂員把打亂的魔方用罩杯蓋住，送到子其眼前時，章子其再次警告自己，專心！要為自己而轉。

裁判問：「準備好了嗎？」

「好了。」

現在進入十五秒的觀察時間，章子其快速動眼，手汗不停冒了出來，他內心的讀秒是十三秒，他放下方塊，兩手向下碰觸感應區，結束觀察。

章子其輕吐一口氣後，開始轉動。

清脆的轉動，爽快的歸位，迅速且專注，放下。

裁判宣讀：十四．九八秒。

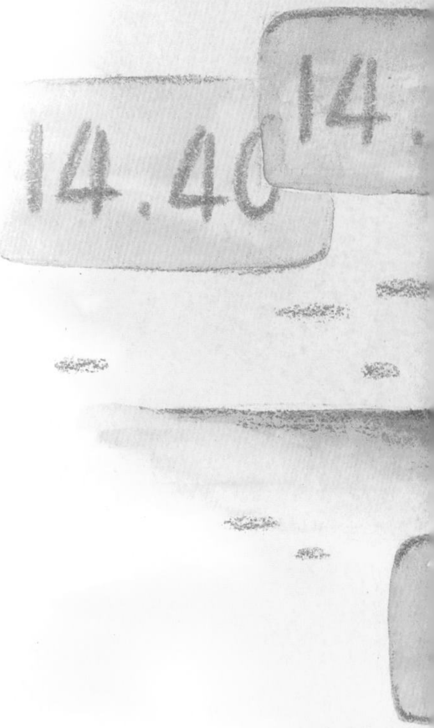

他抬頭直視前方輪椅上的爸爸，內心不斷喊：我做得到，我做得到。

每簽下一次成績確認，他都告訴自己要轉得更快一些。

第二次宣讀：十四．五五秒。

第三次：十四．二一秒。

第四次：十四．〇〇秒。

最後一次，子其的身體已達到緊繃的極限。出乎意料之外，手中方塊POP彈出，拋物線落在前方地面，啪噠，旋轉。

他衝到地面上撿起方塊，秒數已經超過以往他所有的成績，秒數急速攀升十五，十八，三十……他慌了，慌的不是該不該回去座位比賽，令他慌亂的是，眼前的爸爸倒下了。

章子其快速奔到爸爸身邊，「爸爸，你怎麼了，爸爸。」

「快叫救護車。」校長立刻拿起電話，現場的人員過來協助。

媽媽早有準備，立刻進行心肺復甦。

賽場內所有轉動的聲音與動作都像真空狀態，凝結在一個四四方方的盒子裡，每一個動作牽動著另一個動作，每一種聲音震動另一種聲音，每個人的面相都有不同的表情，此刻卻是相似的心情。

他的耳朵嗡嗡響個不停，他的眼淚不爭氣地一直滴落。只要能讓爸爸有一點好轉的跡象，再困難的事，他都願意去做，努力轉變，為什麼爸爸沒有跟著好轉？他不懂的是，到底是什麼力量非要把爸爸拉走，到底要用什麼力量才能把他搶回來。

「爸爸，請你看著子其變得好棒，答應我好嗎？子其需要你一直看著我……」

章子其終於知道自己內心最恐懼的是什麼了。不是失敗，不是什麼成績，而是眼前的這一刻，隨時隨地都想趕出他腦海的一刻，他的心一直擰

轉，多希望回到跟爸爸有說有笑的那一刻。

他一直都不敢去想，不敢去問的是，爸爸會不會就此離開，他最害怕的是再也看不見爸爸。

坐在救護車內。子其雙手始終握住爸爸那雙空握的手。

他明白感受到，爸爸不是想轉魔術方塊，而是想緊握子其已經變大變厚的手。是震盪也好，是爸爸真的動了也好，不管是真的或是假的，子其都不會再放開爸爸的手。

一路上，束縛在爸爸身上的呼吸器、滴管、導管，子其認為爸爸一定可以逃脫，他是最棒的舞台設計師，沒有他的道具，就沒有魔術。子其沒有放棄過，也不允許爸爸放棄。

時間一分一秒過去。這是子其內心讀過最長的秒數。

急診室的燈滅了，彷彿子其內心的那盞燈也跟著滅了。

媽媽的哭喊極其悲慟。

子其閉上眼睛，他只知道，這一次，爸爸沒有逃脫。

17

二十年後，
最偉大的魔術翻轉

子其一直忘不了爸爸被放進一口木盒子裡，不能轉動的盒子，盒子最後被推進火堆裡。當媽媽拿著一個小鐔子給他時，她輕聲對他說：「爸爸在裡面了喲。」

就當時的子其而言，他還不能接受爸爸的離去。他仍幻想著爸爸的逃脫術正在進行，駕駛著他的輪椅，從醫院一路潛逃，不斷轉換容器，最後躲進這個神祕的小鐔子裡。

如果真是那樣的話，那爸爸真是他見過最偉大的魔術師了。

那時，媽媽總是安慰他說：「生命是我們見過最偉大的魔術。」

「那爸爸還會再出現嗎？」

彼時，子其令媽媽揪心的懵懂依稀在耳。如今，子其已經長得跟他爸爸一樣健壯高大，子其的媽媽感嘆，「歲月不饒人啊。」

假如當年沒參加魔術方塊比賽，她不曉得該怎麼讓子其的人生歸位、繼續運轉。直到今日，她可以告訴自己沒做錯決定。

清明時節，他們從墓園回來後，子其就一直想再回到院外的那片草地。

子其的媽媽已白髮蒼蒼、面容老去，無法一個人行動，必須坐輪椅。章子其瞇著右眼，透過兩手食指與拇指搭起的取景框，把媽媽坐在輪椅上的樣子，咔嚓，咔嚓，一幕幕收進他的腦海裡。

停駐枝頭的鴿子成群飛下來草地上啄食。奈奈的小白裙隨風搖曳，嘻嘻笑笑朝牠們奔去，有的低飛，有的此起彼落，有的仍在腳邊亦步亦趨。

奈奈每次看見鴿子時，就會想起跟爸爸的勾手約定。她踩著不太穩妥的小碎步，軟泥上留下她小小的腳印，她來到子其身邊，拉住他的衣襬搖呀搖，撒嬌地說，「教我變魔術。」

子其蹲下身下，看著她細細的瞇瞇眼說：「奈奈乖，爸爸教妳魔術方塊。」

奈奈柔軟的小手接過魔術方塊，胡亂轉了一下就把它摔在地上。

「嘿，那是爸爸明天比賽要用的啊。」

「誰叫你不變魔術給我看。」奈奈吐吐舌頭，氣嘟嘟地跑開，一會兒追著鴿子跑，一會兒蹲在地上摘野花，一會兒學子其用手搭景框，可惜短小的手指只能各圈一個圓，像戴著圓鏡框，她見著人就說：「我看見你了，你看得見我嗎？」

謝之旋陪著坐在輪椅上的奶奶在草地上晒晒太陽，高挺的肚腹，不時傳來胎動，奈奈跑過來摸摸媽媽的肚皮，教訓一下媽媽肚子裡的小寶寶，叫他要乖，轉身又跑。她叫住奈奈別亂丟東西，別到處亂跑，別把粉色的小布鞋給踩髒。

追著小奈奈到處跑的子其，好不容易才把這調皮的小傢伙給抱個滿懷。他抱著奈奈回到之旋身邊，這個泥鰍似的小傢伙又滑了下去，呵呵笑地跑了開來。

「這孩子到底像誰啊？」子其笑著說。

之旋摸著肚子，對他說另一個好消息，「醫生說，是個男孩。」

子其開心地抱著之旋，大喊：「我又要當爸爸了。」那是他感到最幸福的時刻。

看見爸爸媽媽親密的樣子，有點不甘寂寞。她小跑步到爸爸媽媽面前，「好奇怪呀，你不就已經是爸爸了嗎？」

奈奈蹲下小小的身子，摘下一株幸運草，送給媽媽。

之旋接過奈奈的幸運草，不可思議低語，「是四片葉子。」

子其瞇著右眼，透過兩手食指與拇指搭起的取景框，追索可愛的小奈

奈奔跑的樣子，咔嚓，咔嚓，一幕幕收進他的腦海裡。

人生就像一場魔術表演，你永遠猜不到會有什麼驚喜。然而，子其更加確定，他們的人生就像魔術方塊，所有交錯而開的繽紛色彩將會回到原來的位置。

九歌少兒書房 254

心靈魔方

著者　　　薩　芙
繪者　　　劉彤渲
責任編輯　鍾欣純
創辦人　　蔡文甫
發行人　　蔡澤玉
出版發行　九歌出版社有限公司
　　　　　臺北市 105 八德路 3 段 12 巷 57 弄 40 號
　　　　　電話／ 25776564　傳真／ 25789205
　　　　　郵政劃撥／ 0112295-1
九歌文學網　www.chiuko.com.tw
印刷　　　晨捷印製股份有限公司
法律顧問　龍躍天律師 ・ 蕭雄淋律師 ・ 董安丹律師
初版　　　2016 年 8 月
定價　　　**260 元**

書號　　　0170249
ISBN　　　978-986-450-076-5
（缺頁、破損或裝訂錯誤，請寄回本公司更換）

國家圖書館出版品預行編目 (CIP) 資料

心靈魔方 / 薩芙著 ; 劉彤渲圖 . -- 初版 .
-- 臺北市 : 九歌 , 2016.08
面 ;　公分 . -- (九歌少兒書房 ; 254)
ISBN 978-986-450-076-5(平裝)

859.6　　105011526